明清文人的小品世界

[日]大木康 著
王言 译

目 录

中文版自序 ……………………………………………… 1
第一章 笔墨烟波
　　——唐寅《我是个多愁多病身，怎当他倾国倾城貌》… 1
一、科举 ………………………………………………… 3
二、八股文 ……………………………………………… 6
三、唐寅 ………………………………………………… 9
四、《西厢记》 ………………………………………… 11
五、托名唐寅之《西厢》八股 ………………………… 14
六、出处与真实作者 …………………………………… 25
七、再说唐寅 …………………………………………… 29
八、《红楼梦》 ………………………………………… 31
第二章 雅俗之间
　　——陈继儒《文娱序》
一、媒体时代 …………………………………………… 37
二、"山人"陈继儒 …………………………………… 41
三、小品宣言 …………………………………………… 44
四、文学新潮流 ………………………………………… 47
五、销愁的文学 ………………………………………… 50
六、《文娱》之价值 …………………………………… 51
七、《花史跋》 ………………………………………… 53

第三章　生死相依
　　——冯梦龙《情仙曲》…… 57
一、扶乩术 …… 59
二、与死者之沟通 …… 62
三、冯梦龙《情仙曲》…… 64
四、《情仙曲》序 …… 66
五、惜春长怕花开早 …… 68
六、美少年？美少女？…… 71
七、一往情深深几许 …… 73
八、文人反响 …… 75
九、"情"丝万千 …… 76

第四章　有美一人
　　——卫泳《悦容编》…… 81
一、中国女性论 …… 83
二、作者卫泳 …… 83
三、《枕中秘》…… 85
四、文人趣味教科书 …… 85
五、《悦容编》之结构 …… 88
六、《悦容编》序 …… 89
七、因缘际会（《随缘》）…… 91
八、起居之所（《葺居》）…… 97
九、学问才识（《博古》）…… 98
十、神态情趣（《寻真》）…… 103
十一、李渔之美人论 …… 105

第五章　薄命才女
　　——陈维崧《吴姬扣扣小传》…… 109
一、"风流遗民"冒襄 …… 111
二、《影梅庵忆语》…… 112
三、萤窗心语诉情真 …… 117

四、信是慈航再来人 …………………………… 122
　　五、怀抱旧什冰与璧 …………………………… 125
　　六、风前雨里一销魂 …………………………… 129
　　七、春朝一日 …………………………………… 131

第六章　秀才家书
　　　　——吴兆骞《上父母书》 ………………… 133
　　一、才子吴兆骞 ………………………………… 135
　　二、与父母书 …………………………………… 137
　　三、《金刚经》 ………………………………… 140
　　四、吴伟业之同情与愤怒 ……………………… 143
　　五、宁古塔 ……………………………………… 146
　　六、友人之援 …………………………………… 147

第七章　市廛桃源
　　　　——宋荦《重修沧浪亭记》 ………………… 155
　　一、苏州沧浪亭 ………………………………… 157
　　二、宋荦之修复 ………………………………… 159
　　三、浓密的人文空间 …………………………… 160
　　四、宋荦心声 …………………………………… 165
　　五、守护庭园之努力 …………………………… 166
　　六、仕途骄子——作者宋荦 …………………… 169
　　七、与沧浪亭比邻而居 ………………………… 173
　　八、沧浪亭一日 ………………………………… 174

第八章　赴考之旅
　　　　——林伯桐《公车见闻录》 ………………… 185
　　一、诗人之旅 …………………………………… 187
　　二、谁在旅途 …………………………………… 191
　　三、林伯桐《公车见闻录》 …………………… 193
　　四、约人同行(《约帮》) ……………………… 195
　　五、至北京之路线(《就道》) ………………… 196

六、雇船之注意事项(《行舟》)……………………… 197
七、乘坐马车与投宿旅店之注意事项(《升车》)……… 200
八、换乘交通工具之注意事项(《度山》)……………… 202
九、出关之注意事项(《出关》)………………………… 202
十、仆从及旅途健康(《工仆》、《养生》)……………… 204
十一、旅途携带物品(《用物》)………………………… 205
十二、到达北京后的注意事项(《至都》)……………… 205

后记 ………………………………………………… 208

中文版自序

该书将八篇文章统冠以"明清文人的小品世界"之名而结集于一处。虽说看起来似乎有个学术著作的躯壳,然而实际上它们只是我若干年来读书过程中一些凌乱散漫而又粗浅浮薄的个人心得。该书最初在日本中国书店以日语出版,题为《原文で楽しむ 明清文人の小品世界》。《孟子》有云:"独乐乐不如众乐乐。"陶渊明亦有诗曰:"奇文共欣赏,疑义相与析。"此正是我之所以不惮孤陋将之又译为中文版示诸中国同好及同行的最主要原因。

数十年来我一直以中国文学、主要是明清文学为研究对象,其中关注的焦点是17世纪明末清初时代长江下游地区(即江南)活跃的文人及其作品。

明末时期的江南,经济高度繁荣。在此背景下,诸多领域之文化臻于烂熟。流传至今的不少白话小说杰作之文本即诞生于彼时,可谓是当时最引人注目的文学现象。若举数例,则有长篇小说《三国演义》、《水浒传》、《西游记》、《金瓶梅》,以及短篇小说集"三言"、"二拍"等。其数量之庞大,令人叹为观止。

明末时期,那些在官僚体制中并非位居显要、但才华学力堪称一时翘楚的读书人,开始涉足过去为文人不屑一顾、难登大雅之堂的戏曲、小说等通俗文学的世界。此正是明末俗文学发展的重要背景之一。

如果以今天的眼光来审视明清文学史的话,当时大放异彩的确实是如上文所举的白话小说以及《牡丹亭》、《桃花扇》、《长生殿》等戏曲。而实际上当时文人最为之呕心沥血的文学体裁,仍然是传统的诗文。

在明末出版文化兴盛的背景下,书籍出版量总体上呈爆发性增长。当时文人们所创作的诗歌、散文亦被大量刊行,不少诗文集流传至今。

本书从明清文人的诗文集及其他著作中(当然,我所见者仅为冰山一角),选取若干触动我心灵的文章,并加以率性而不成体系的解说。

本书收录之文章,常见于今人所编文学史、作品集之类而为人们耳熟能详者(换言之,即构成"文学史"发展脉络的主流作品)并不多。但明清时代有一批文人对写作此类文章乐而不疲,另有一些人读得津津有味,并努力将之传诸后世。本书凭我一己趣味选录者,不过是从此浩瀚大海中撷取的几朵浪花。

然而,此书收录的这些文章并非一颗颗散落的珍珠而全然没有串连之丝线。贯穿它们的共同内在指向,如果要以一二语简单概括的话,则或可谓它们皆为明清时代文人们"生活感受"之艺术化再现吧。

"文人"为何?要给出一个明确的定义似乎并不容易。村上哲见先生在《文人·士大夫·读书人》(收于氏著《中国文人论》,汲古书院,1994年)一文中,将"文人"定义为在具备古典文化素养与吟诗作文能力的"读书人"之基础上,又善为风流韵事(即书画、音乐等艺术活动)者。此外,他还言及"士大夫"为"读书人"中具有治国平天下之抱负者。因此,像宋代苏轼那样既是高级士大夫、又才艺非凡的"官僚文人"并非一种矛盾的存在。

我在此定义的大前提下,将"文人"放置于一个更广阔的视域中来考量,窃以为文人即是追求一种"生活之艺术"的人。他们寄身于世,从每一天的日常生活中努力寻找点滴乐趣,积极享受生活。这些乐趣和享受,包括诗文、书画、音乐、园林,抑或美女、美少年,以及延年益寿的健康保健法等等。于是,在忙碌的官僚生活中不忘闲情雅趣之人比比皆是,甚至这些风流韵事形成了一些产业,以此为专门职业而谋生者应运而生。我的好奇心驱使我去探究这些文人们多姿多彩的生活侧面。

本书日语版名为《原文で楽しむ　明清文人の小品世界》,书名中包含了我的一些理念与想法,因此有必要对它作简单说明。之所以说"原文で楽しむ",是因为拙著是我阅读明清文人作品过程中的产物。要呈现明清文人们的世界,用评传形式来描述他们的生活与感受亦不失为一条途径。但本书并未采取这种方式,而是通过对他们所书写的各种文章的解读,来向读者展示他们生活的千态万状。因为对于文学专业的人而言,没有什么比阅读和品味原典更引人入胜。

接着再说"小品"。一般说到明末小品,人们多会想起由陈继儒倡导,上世纪20年代经由周作人、林语堂等人之手而被发扬光大的明末小品文。但是实际上,本书所收录的文章并不仅限于完全契合"明末小品文"之定义者。那些篇幅相对比较短小、并非正面议论天下国家的文章,在某种意义上也可被称作"小品",因此也在本书的解读范围之内。这其中也包含了散文和骈文范畴以外的散曲。

"世界"一词,则源于我试图为读者展现从日常生活之形而下层面至文学、美学、思想等形而上层面,文人们的生活方式、所思所感等全部样貌的写作初衷。当然这两个层面相互缔结,本书所解读的记述在清初政治风气严酷的时代,被流放至偏远绝域的悲剧文人与全力营救他的友人们之努力,以及当时举子们赴考之旅的疲累艰辛等篇章,也正是出于我欲观察当时文人之"生活与感受"之具体样相的愿望。

但愿本书能够带领读者进入明清文人之世界,一边慢慢行走,一边领略其中的旖旎风光。

第一章 笔墨烟波

——唐寅《我是个多愁多病身,怎当他倾国倾城貌》

科举在中国绵延了一千三百余年之久,是一种主要根据书面考试来选拔人材的制度。毋庸赘言,在科举时代,金榜题名是绝大多数中国读书人梦寐以求的一大人生目标。可以说,科举制度奠定了中国知识人精神世界的基石。明清时代的科举考试中,最重要的是八股文。当时的人们,在八股文写作的技巧问题上各持己见,展开了激烈交锋。若将明清八股文比作一棵大树,那么它并非只有一枝单调孤零的主干;在主干之外,尚有千姿百态的旁逸斜出——在科举中,立意于儒家经典的八股文写作是考生的一项必备技能;除此以外,一种无关乎考试、游戏笔墨的八股文也悄然滋生。本章将尝试解读假托明代苏州文人唐寅之名、以戏曲《西厢记》中的名句为题而写作的一篇八股文。虽然唐寅并非此篇文章的真实作者,但他可能真的撰有西厢八股。或许是他曾在科举考试的道路上经历过一段悲情往事,故而将胸中五味寄托于"笔墨烟波"之间。

一、科　　举

自隋代(581—618)开科取士以来,直至清末光绪三十一年(1905)被正式废止,在这大约一千三百年的历史长河中,根据书面考试来决定官僚任用的"科举"制度始终绵延贯穿其间,成为一道引人注目的风景。

早在实行科举取士之前,中国就已然形成了以皇帝为顶点的政治体制。并非人人都可位居九五,一个本无皇位继承权的人如果想要登上皇帝宝座,在多数情况下必须以武力推翻当前王朝。而新王朝建立后,皇位也必须由开国皇帝之子孙来继承。新王朝之建立、皇位之取得,无超凡卓绝力量无以为之,来之不易的江山岂可随意拱手易为他姓,因而也就不难理解为何皇位继承人必须是与开国皇帝有血缘关系者。

然而,国家政治体制的运作并非仅凭皇帝一人之力即可垂拱而治,还需要上至大臣、下至仆从的数量庞大的官吏队伍之辅佐。虽然人们通常以"官吏"一词对这个队伍一言以蔽之,然而实际上"官"与"吏"之间有着天壤之别:"吏"是整理公文、计算税金等专司实务人员,"官"则是在更高地位上决断裁定事务者。"官"的必备素质并非实务能力,而是出类拔萃的品格——具体而言,就是对于儒家经典的精深理解以及卓越的文章写作能力。

"官"肩负着辅佐皇帝治理天下的重大责任,故而他们被赋予与此责任相称的巨大权力与财力。由此,也就不难理解为何不少人皆汲汲于跻身官僚队伍。那么究竟什么样的人才可赋予其权力与财力?这是包括现代日本在内,古今中外政治制度之根本问题。

中国自古时开始,就未尝停止对该问题之探索。在传说中的圣天子尧、舜时代,即从全国遍寻人格卓绝者禅之以天子之位。尧、舜、禹三代之所以成为后世大力推崇和努力师法的时代,它们施行理想的统治者继承制度当是其中重要理由之一。而禹建立夏王朝后,即变为由血脉来确定皇位继承人。

汉代实行"乡举里选",这是一种将地方社会上有声望者推荐给中央政府的官僚选拔制度。而声望之彰著多基于对双亲之孝行,所以在《后汉书》之"列传"等典籍中,有不少形形色色带有戏剧色彩、甚至可谓滑稽的极端的行孝方式之记载。

汉代之后的魏晋南北朝为门阀贵族时代。这个时代与日本的平安朝贵族时代一样,权力、财产基本上通过血缘关系来继承。司职人物评价的中正官推举人材的"九品官人法",其施行结果却如"上品无寒门,下品无势族"一语所云,当时居高位者悉出名门。此外这一时代王朝频繁更迭,之所以会出现此现象,与贵族握有比皇帝更强大的实力不无关系。

图1-1 科举考场(南京江南贡院全景。中央为明远楼。江南贡院可同时容纳二万余名考生。本书所涉及的诸多文人如唐寅、陈继儒、冯梦龙、冒襄、吴兆骞等均曾在此应乡试)

隋代结束了南北朝的分裂局面，为巩固皇权、与贵族抗衡，皇帝理所当然更愿意任用那些易于听命、忠心效力于自己的臣下。正是在这一时代土壤中，孕育诞生了科举制度。与之前由出身、门第等来决定官阶相较，"科举"通过书面考试来选拔人材，能更直接地考查出本人之能力，皇帝直属的下臣集团由是形成。

图1-2 贡院内部（南京贡院遗址。现已建为江南贡院历史陈列馆。每位考生拥有独立空间，然极为狭小。考生须连续三日寝食于此，并交出考试答案）

顺便插一段题外话，例如英国的剑桥大学和牛津大学等今日仍十分重视面试；与之相对，日本的大学则更重视书面考试（此或为中国大陆和台湾、韩国等东亚国家和地区教育制度之一大特征）。两者之差异颇值得玩味。

由于科举不问门第、只要通过考试谁都可以为官，因而考生千军万马都往这一独木桥上挤也就是理所当然之事了。为了网罗时代所需要的英才，进行什么样的考试便与某个时代的社会理想（或谓社会需要）紧密关联在一起。例如在日本现行的考试制度中，英语成绩占有很大的比重。无论是理科还是文科，英语皆为必考科目。这与在当今国际化社会中，意图培养通晓英语之人材的社会理想有密切关联。

总观历代科举考试之科目，不难从中窥测出每个时代不同的社会理想。唐代的代表性文学体裁是诗。唐代诗歌之所以繁盛，不可忽略的重要原因之一即是科举考试中对诗歌创作极为重视。读书人自小学习作诗是为了在科举中上榜，至少或可说明与其他时代相比，在唐代文采斐然者正是社会之理想人材。宋代科举则更重视策、论等议论文。这一时代欧阳修、三苏（苏洵、苏轼、苏辙）、王安石、曾巩等大量散文名家之诞生，科举考试在背后起了推波助澜的作用。

二、八 股 文

以儒教为国教的中国历代王朝，选贤任能时注重的基本能力，就是正确理解儒家经典，或者写得优美的诗文。将此二者同时纳入到科举中，肇始于明代初年所谓的"八股文"。在科举制度发展成熟至顶峰的整个明清两代，它一直是考试的基本方式。在大约六百年之久的时间里，无数人青灯黄卷、为之呕心沥血的，正是此八股文。

所谓八股文，是将儒家经典的内容以固定形式加以解说的文章。在以朱子学为正统的时代，"四书"之地位极高，在科举中为必考科目（"五经"为选考科目，只需选择其一应考即可）。"四书文"即从"四书"中抽出一句或一节作为问题出题，要求考生用四组长的对句解说这一句或一节之内容。在解说时，必须将每个句子用朱子学进行解释。如果偏离了朱子学，那么即使写出了漂亮答案也难逃落第之命运。关于这四组对句，每组对句曰"比"，对句中的一个单句谓"股"，四比即为八股。这样的解说似乎已经比较清楚,但关于比和股,实际上在不少场合有全然反其意而用之的情况。本书暂且遵从将对句(二句)称"股"、对句中之一个单句称"比"的称呼方式,另将对句之前半句呼作"出比"、后半句呼作"对比"。

经书语句乃圣人之言。八股文就是要代圣人立言、以圣人口吻解说经书语句。以四组长的对句来作文的形式,反映了当时人们对于圣人话语之规整性的体认。

这里试举一例屡屡被称引的八股文——商衍鎏《清代科举考试述录》中著录的康熙十二年(1673)殿试状元韩菼之作品(文字据《钦定本朝四书文》校订)。该篇八股文可谓模范答案中的模范答案。

(题)"子谓颜渊曰,用之则行,舍之则藏,惟我与尔有是夫?"

(破题)圣人行藏之宜,俟能者始微示之也。

(承题)盖圣人之行藏,正不易窥,自颜子几之,而始可与言之矣。

(起讲)故特谓之曰,"毕生阅历,只一二途以听人分取焉,而求可以不窥于其际者,往往而鲜也。迨于有可以自信之矣,而或独得而无与共,独处而无与言。此意竟托之寤歌自适也耶?而吾今幸有以语尔也。

(起股)回乎,人有积性平之得力,终不自明,而必俟其人发之者,情相待也。故意气至广,得一人焉,可以不孤矣。

人有积一心之静观,初无所试,而不知他人已识之者,神相告也。故学问诚深,有一候焉,不容终秘矣。

(出题)回乎,尝试与尔仰参天时,俯察人事,而中度吾身,用耶舍耶,行耶藏耶?

(虚股)汲于行者蹶,需于行者滞,有如不必于行,而用之则行者乎?此其人非建功名中人也。

一于藏者缓,果于藏者殆,有如不必于藏,而舍之则藏者乎?此其人非复泉石间人也。

（中股）则尝试拟而求之，意必诗书之内有其人焉，爰是流连以志之，然吾学之谓何，而此诣竟遥遥终古，则长自负矣。窃念自穷本观化以来，屡以身涉用舍之交，而充然有余以自处者，此际亦差堪慰耳。

　　则又尝身为示之，今者辙环之际有微指焉，乃日周旋而忽之，然与人同学之谓何，而此诣竟寂寂人间，亦用自叹矣。而独是晤对忘言之顷，曾不与我质行藏之疑，而渊然此中相发者，此际亦足共慰耳。

　　（过接）自吾因念夫我也，念夫我之与尔也。

　　（后股）惟我与尔揽事物之归，而确有以自主，故一任乎人事之迁，而只自如其性分之素。此时我得其为我，尔亦得其为尔也，用舍何与焉？我两人长抱此至足者共千古已矣。

　　惟我与尔参神明之变，而顺应以无方，故虽积乎道德之厚，而总不争乎气数之先。此时我不执其为我，尔亦不执其为尔也，行藏又何事焉？我两人长留此不可知者予造物已矣。

　　（收结）有是夫，惟我与尔也夫。"而斯时之回，亦怡然得默然解也。

　　"子谓颜渊曰，用之则行，舍之则藏，惟我与尔有是夫"（《论语·述而》）为问题，下文用起股、虚股、中股、后股四组对句说明其内涵。暂且不论其文意，首先它形式上的整齐性就足让人叹为观止。尤其令人感佩的是中股，一比（对句中的一句）竟长达七十八字。如此瑰奇并非得之于一朝一夕，而是中国读书人从幼年开始即悬梁刺股勤加练习之果实。此外，引号" "中的部分为代圣人（孔子）立言之语。

　　中国的建筑物，多在其正面或内部饰以对联。从更深层的意蕴上说，八股文或可谓扎根于中国人"对"的美学、左右均整的审美观念。周作人在其《论八股文》一文中有云：

　　八股是中国文学史上承先启后的一个大关键，假如想要研究或了解本国文学而不先明白八股文这东西,结果将一无所得,既不能通旧的传统之极致,亦遂不能知新的反动之起源。

他在该文中明确指出了八股文乃"中国文化的结晶"。当然也正如此处周作人所言"新的反动之起源",八股文往往被认为是华而不实的形式主义文章之代名词。在近现代中国,诸如呆板、陈腐的"党八股"之类一直是为人批判攻击的众矢之的。

三、唐　　寅

前文赘语千言,这里开始进入正题。本章拟解读的,是据传为明代苏州文人唐寅(字伯虎,号六如。1470—1523)所作的一篇八股文(后文将述及它实际乃假托唐寅之名的伪作)。然而它并非为科举考试而作的八股文,而是一篇以当时流行的戏曲——《西厢记》中一句唱词为问题的游戏笔墨之作。八股取士的时代十分漫长,八股文写作是当时读书人的一项必备技能,以此为戏作之材料者也并非鲜见。

自诩为"江南第一风流才子"的唐寅,因作为明末苏州冯梦龙编的白话短篇小说集《警世通言》中所收《唐解元一笑姻缘》(《今古

图1-3　唐寅(其上题有"唐解元像")

图 1-4 《警世通言》卷二十六《唐解元一笑姻缘》插图

奇观》亦收,题作《唐解元玩世出奇》)之故事主人公而妇孺皆知。某日,唐寅对一位荡舟与他擦肩而过的美貌侍女一见钟情。当他得知她是无锡华学士家的侍女之后,便以塾师身份寄居于华家,最终抱得美人归。正如此爱情故事所示,他是一个放浪形骸的浪漫文人,有不少风流趣闻。唐寅之书画现今存世者亦为数不少,而他最擅长的绘画题材之一为仕女图。他为《西厢记》之女主人公崔莺莺所绘的《莺莺遗照》,被饰于明末刊行的诸多《西厢记》版本卷首。以如此之唐寅为西厢文之作者,完全是情理之中的事。

图 1-5　唐寅所绘崔莺莺画像(据《盘薖硕人增改定本西厢记》)

四、《西厢记》

《西厢记》乃元代王实甫据唐人元稹的传奇小说《莺莺传》而作的一部戏曲。科举考生张生赴都城长安应试,途中借宿于黄河渡口蒲州(山西省)之普救寺。恰好宰相之千金崔莺莺也在寺内。张生在佛殿上对崔莺莺一见钟情。此后两人虽历经重重波折,然在莺莺侍女红娘的周旋帮助下,得以在佛门净地数度幽会。在唐传奇中,张生后来为科举功名而将崔莺莺无情抛弃。《莺莺传》末尾，作者元稹如此写道："时人多许张为善补过者。"

名门千金崔莺莺，自荐枕席与张生一夜共眠，但最终却秋扇见捐，这样的内容显然不能满足中国读者的口味。《西厢记》之直接蓝本——金代《董解元西厢记》中，崔、张二人最终修得百年之好。崔莺莺之母亲（即宰相夫人）起初对一介布衣的张生不屑一顾，不允许女儿和他成婚。最后两人得成连理、以大团圆结局，是因为张生在科举中得中金榜。科举及第，即意味着将来衣食官禄无忧。在中国的不少故事中，金榜题名往往是万能的王牌。

漫步中国文学长廊，可以发现像《红楼梦》这样以悲剧结尾的作品，后来往往会有以大团圆来结局的续作。然一般而言，续作很难超越最初之原作。而《西厢记》虽是由悲剧《莺莺传》（当然其作者未必认识到此为悲剧）衍变而来的以大团圆结局的作品，却是维持了高度文学性、丝毫不逊色于原作的少数佳构之一。

《西厢记》本为元代时诞生的一部杂剧，至明代后期，它骤然风行。据传田章《增订明刊元杂剧西厢记目录》（东洋学文献中心丛刊影印版之四，汲古书院，1979年）的统计，仅明代一朝就有六十六种《西厢记》版本。而八股文写作的首要前提是其题目大家都耳熟能详，"四书五经"当然毋庸赘言，《西厢记》也非常符合这一条件。其辞藻之华美富丽，亦同经书形成鲜明对比，使人置身于一个不同于经书的美不胜收的文学天地。

本章将要解读的唐寅之八股文的问题是"我是个多愁多病身，怎当他倾国倾城貌"。该句出自《西厢记》第一本第四折【雁儿落】这支曲子。在此不妨先回顾《西厢记》的故事梗概。元杂剧在形式上一般为一本四折，即一部剧作由四个部分构成；但《西厢记》却属例外，它是一部五本二十折的长篇之作。元杂剧原则上全剧由一人独唱到底；然在长篇《西厢记》中，全剧并非由一人独唱，而其第一本之四折均为张生所唱。

在第一折开头的《楔子》中，夫人登场介绍自己。第一折为张生登场作自我介绍，他在和尚陪同下于寺中闲步之际，初见崔莺

第一章 笔墨烟波 13

图 1-6 《西厢记》插图(第一本第三折,莺莺与红娘于庭园闲步。前方太湖石畔可见张生藏身其间。据《新校注古本西厢记》)

莺。第二折中，张生谒见法本长老，云自己欲暂时借宿于普救寺。他之所以企求寓居寺内，是因为对崔莺莺的爱慕和思念。因张生借宿的是寺院西侧的厢房，故而该剧名曰《西厢记》（厢即房间）。随后张生与崔莺莺婢女红娘相遇，主动将自己的身世经历等告诸对方。第三折为张生窥见在花园散步的崔莺莺和红娘，张生吟诗，崔莺莺以诗酬答之场面。然后就是第四折。二月十五日，寺中举行法事。张生正在烧香之际，夫人与崔莺莺款步而来。和尚灵机一动，称张生为自己故交，将他介绍给崔莺莺等人。现将该部分原文依通行本王季思校注本（《西厢记》，上海古籍出版社，1978年）抄录于下（王校本以明末凌濛初本为底本）：

〔夫人引旦上云〕长老请拈香，小姐，却走一遭。〔末做见科〕〔觑聪云〕为你志诚呵，神仙下降也。〔聪云〕这生却早两遭儿也。〔末唱〕

【雁儿落】我则道这玉天仙离了碧霄，元来是可意种来清醮。小子多愁多病身，怎当他倾国倾城貌。

【得胜令】恰好似檀口点樱桃，粉鼻儿倚琼瑶。淡白梨花面，轻盈杨柳腰。妖娆，满面儿扑堆着俏；苗条，一团儿衠是娇。

五、托名唐寅之《西厢》八股

这支【雁儿落】的后两句即此篇假托唐寅之名而作的八股文之题目。如前文所述，八股文为代圣人立言、将圣人话语内容作详细解说之文章。在这里，就要求作者代替张生将张生蕴涵于该语句中的幽思隐情阐发出来。那么，该文作者写出了一份什么样的答案呢？首先不妨仿照上文韩菼之例，将全文分为若干段落抄录于下：

唐寅《我是个多愁多病身，怎当他倾国倾城貌》

（破题）慕其貌之美者，转虑身之难持焉。

（承题）夫张之身因崔之貌而多愁病耳。今一见之，能勿虑其难持哉？

（起讲）若曰，天之于人，诚不可解也。以素所爱慕之人而邂逅相遇，情几慰矣。然以素所爱慕之人而邂逅相遇，而情转难持矣。何则？他乡之客顾影堪怜一自筹焉，恐不足胜其如玉之美而徒辱多情之顾盼耳。彼来清醮者乃可意种也，而我亦何幸哉。

（起股）我之栖迟萧寺也，亦谓柔荑凝脂、飘飘而欲仙者，不啻梅亭之艳妆也。他之貌足令我情牵耳。

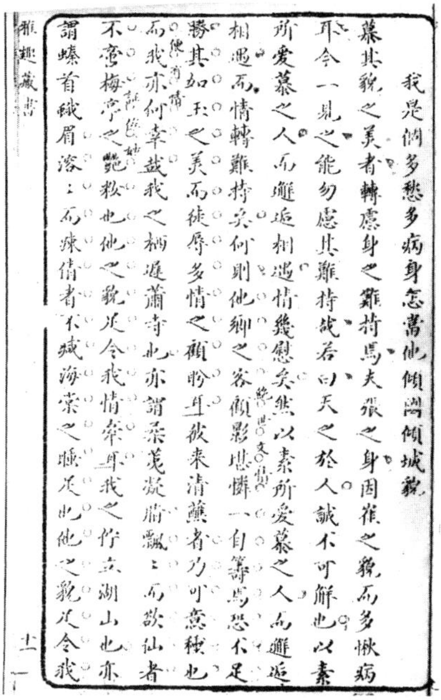
我是個多愁多病身怎當他傾國傾城貌
慕其貌之美者轉慮身之難持焉夫張之身因崔之貌而多愀病
耳今一見之能勿慮其難持哉若曰天之於人誠不可解也以素
所愛慕之人而邂逅相遇情幾慰矣然以素所愛慕之人而邂逅
相遇而情轉難持矣何則他鄉之客顧影堪憐一自籌焉恐不足
勝其如玉之美而徒辱多情之顧盼耳彼來清醮者乃可意種也
而我亦何幸哉我之棲遲蕭寺也亦謂柔荑凝脂飄飄而欲仙者
不啻梅亭之艷粧也他之貌足令我情牽耳我之佇立湖山也亦
謂螓首蛾眉溶溶而疎倩者不減海棠之睡足也他之貌足令我
雅趣藏書
十一

图 1-7　《西厢记》八股文（据《雅趣藏书》）

我之伫立湖山也，亦谓螓首蛾眉、溶溶而疏倩者，不减海棠之睡足也。他之貌足令我意移耳。

（出题）而不图他之貌竟倾国倾城如是也。

（虚股）今既觏止，而他之貌与我之身两相值也，岂非天假之缘。

亦既见止，而我之身与他之貌不相间也，岂非两美之合。

（过接）而我不诚幸也哉。虽然，其如我之多愁多病，何矣？

（中股）夫我之愁何自来也？婉娈季女，望之而心焉忉忉，愁不禁自此多矣。今佳冶窈窕觌面而相逢，向之眉上愁庶几解乎。然而国色天香，杨妃醉容恐难比伦也。睠言顾之，则愁有悁悁而频添者。夫以我多愁之身而值佳人之在望，其何以堪此乎？

我之病何自昉也?彼美淑姬,思之而劳心悄兮,病不觉自兹多矣。今秀质芬芳聚处于一堂,余之心头病庶有瘳乎。然而妒月羞花,吴宫舞女差堪上下也。薄言观之,则病有恹恹而转深者。夫以我多病之身而迓玉人之遥临,其何能自持乎?

(后股)前此梵王宫前凝眸一眺,未尝亲炙容光耳。兹之蹁跹而来者,幽扬婉转,即欲不魂消而不得,非巫峡山头,仿佛素娥之云雨。而我愁病孤踪,怎敢比襄王之梦耶?

前此月下联吟隔墙唱和,不过望见颜色耳。兹之袅娜而至者,容与淡雅,即欲不肠断而不能,非王孙堂前,恍似文君之风流。而我愁病微躯,怎能效司马之迹耶?

(收结)噫,貌倾城矣,倾国矣。可意种,何时得慰我愁而药我病耶?

不知读者读毕全篇有何感受。各比达九十二字的"中股",尤为精妙绝伦。此文不仅在形式上工巧整齐,而且频频使用各种典故,显示出作者高超的修辞技巧。以下将逐段进行分析品读。

入题部分

(破题)慕其貌之美者,转虑身之难持焉。

(承题)夫张之身因崔之貌而多愁病耳。今一见之,能勿虑其难持哉。

首先是"破题"与"承题"。"破题"之"破",义同"说破"、"看破"等"破",是将问题句背后所隐含的核心思想言明挑破的一段。接下来的"承题",则是承接"破题"之内容,进行更具体的阐释。就该文而言,"承题"是将"破题"中抽象地作一般性论述的内容依照《西厢记》进行进一步具体说明,点出张、崔之名。

"破题"与"承题"并非以张生之口吻叙述,而是站在客观的第三者立场上进行阐述。

(起讲)若曰,天之于人,诚不可解也。以素所爱慕之人而邂近相遇,情几慰矣。然以素所爱慕之人而邂近相遇,而情转难持

图1-8 《西厢记》插图(第一本第四折,张生与崔莺莺于佛殿邂逅。右侧伫立的三位女子,左为夫人,右为红娘。八股文中所描写的正是此场景。据《新校注古本西厢记》)

矣。何则？他乡之客顾影堪怜一自筹焉,恐不足胜其如玉之美而徒辱多情之顾盼耳。彼来清醮者乃可意种也,而我亦何幸哉。

"起讲"正如其字面所示,为"若曰"以下部分之文字。从此处开始直至末尾皆为张生之言。本来与爱慕之人邂逅相逢该是何等欣喜之事,然而张生却觉煎熬痛楚,何故也？这是因为与意中人惊世姿容相比,顿觉自己之土木形骸委实相形见绌。此为承接"承题"中"崔之美"、"张之身"的一段心理分析。与美人邂逅何其欢喜,但另一方面在超凡绝俗的意中人面前又觉自己何其渺小和卑微,此段对这种矛盾心理进行了解说。末尾"而我亦何幸哉"是说自己虽然内心煎熬,但今生今世能与她有一段尘缘仍是万幸之事。

此处"可意种"一词取自【雁儿落】中问题文之前一句"我则道

这玉天仙离了碧霄,元来是可意种来清醮",指自己之意中人。

第一、第二组对句

(起股)我之栖迟萧寺也,亦谓柔荑凝脂、飘飘而欲仙者,不啻梅亭之艳妆也。他之貌足令我情牵耳。

我之伫立湖山也,亦谓蟒首蛾眉、溶溶而疏倩者,不减海棠之睡足也。他之貌足令我意移耳。

注释:

○栖迟:语出《诗经·陈风·衡门》:"衡门之下,可以栖迟。"

○萧寺:即佛教寺院。《西厢记》第一本《楔子》之【幺篇】(崔莺莺唱词)中有"可正是人值残春蒲郡东,门掩重关萧寺中"之语。该八股文作者殆有意借用之。

○柔荑凝脂:典出《诗经·卫风·硕人》:"手如柔荑,肤如凝脂。"指代美女。"柔荑"即柔软的茅草嫩芽。"凝脂"比喻肤色之白皙,白居易《长恨歌》曾以"温泉水滑洗凝脂"形容杨贵妃。

○梅亭之艳妆:指杨贵妃之情敌梅妃。梅妃爱梅,于自己居所植以梅树,是故玄宗皇帝赐名曰"梅亭"(事见《梅妃传》)。

○湖山:太湖石。第一本第三折张生之念白有云:"比及小姐出来,我先在太湖石畔墙角儿边等待,饱看一会。"

○蟒首蛾眉:与前文之"柔荑凝脂"同出《诗经·卫风·硕人》。蟒为类于蝉的美丽小虫,方头广额,"蟒首"比喻女子的头方广。飞蛾触须细长而弯曲,"蛾眉"比喻女子的眉毛细弯。常用以形容美人。

○海棠之睡足:指杨贵妃的故事。玄宗皇帝在沉香亭召见杨贵妃,贵妃酒醉未醒,玄宗遂云"真海棠睡未足耳"(事见《冷斋夜话》引《太真外传》)。

以上为第一组对句。

第一章　笔墨烟波　19

图1-9　杨贵妃(据《百美新咏》)　　图1-10　梅妃(据《百美新咏》)

出比(对句之前半句)是说第二折中张生借宿普救寺之事,对比(对句之后半句)是说第三折中张生藏身于庭院的太湖石畔、暗觑烧香的崔莺莺和红娘之事。

这组对句说明了张生栖迟萧寺、伫立湖山之心理动机,是因为爱慕堪比梅妃和杨贵妃的崔莺莺之美貌。此处"他之貌"承"破题"、"承题"而来,为叙述之主题。

(出题)而不图他之貌竟倾国倾城如是也。

注释:

○倾国倾城:语出《汉书·外戚传上》"孝武李夫人"条李延年之歌:"北方有佳人,绝世而独立。一顾倾人城,再顾倾人国。宁不知倾城与倾国,佳人难再得。"

"出题"在"起股"和"虚股"之间起联结作用,与"破题"、"承题"等一样,是概括叙述文章主旨的一段。在这篇文章中,"出题"首先点出了问题文中"倾国倾城"一语。

如注释所示,"倾国倾城"语出《李延年歌》。《西厢记》之该段曲文,亦是化用了《李延年歌》。至此为止,皆是在刻画"他之貌",即崔莺莺之美。

(虚股)今既觏止,而他之貌与我之身两相值也,岂非天假之缘。

亦既见止,而我之身与他之貌不相间也,岂非两美之合。

图 1-11 李夫人(据《百美新咏》)

注释:

○今既觏止,亦既见止:典出《诗经·召南·草虫》:"未见君子,忧心忡忡。亦既见止,亦既觏止,我心则降。"《诗经》此诗本为思念异性之歌,因而在深层意蕴上《西厢记》与之是相通的。

○天假:天赐之意。典出《左传·僖公二十八年》"天假之年"一语。

○两美之合:《楚辞·离骚》中有句云"曰两美其必合兮"。

虚股为第二组对句。

从此段开始进入"我之貌"、"我之身"之叙述。出比所云为第一折中崔、张初次邂逅之事,对比所云为张生在庭院中再睹莺莺容颜之事。

(过接)而我不诚幸也哉。虽然,其如我之多愁多病,何矣?

"过接"为联结"虚股"与"中股"一段。

与举世无匹的意中人相遇,当是幸运之至。然而,唱词(问题文)中却云"多愁多病"。从此段开始,就将笔墨转向张生自己的"多愁多病"。

第三组对句

(中股)夫我之愁何自来也?婉娈季女,望之而心焉忉忉,愁不禁自此多矣。今佳冶窈窕觌面而相逢,向之眉上愁庶几解乎。然而国色天香,杨妃醉容恐难比伦也。睇言顾之,则愁有悒悒而频添者。夫以我多愁之身而值佳人之在望,其何以堪此乎?

图1-12 崔莺莺(据《百美新咏》)

我之病何自昉也?彼美淑姬,思之而劳心悄兮,病不觉自兹多矣。今秀质芬芳聚处于一堂,余之心头病庶有瘳乎。然而妒月羞花,吴宫舞女差堪上下也。薄言观之,则病有恹恹而转深者。夫以我多病之身而适玉人之遥临,其何能自持乎?

注释:

○婉娈:语出《诗经·齐风·甫田》"婉兮娈兮",美丽貌。

○季女:《诗经·小雅·车舝》有句曰"思娈季女逝兮",指少女。

○心焉忉忉:语出《诗经·陈风·防有鹊巢》。

○佳冶窈窕:语出《史记·李斯传》,形容美女。

○向之眉上愁:殆本自第一本第二折张生从红娘那里听闻夫人对崔莺莺管教甚严后的唱词【哨遍】中"听说罢心怀悒怏,把一天愁都撮在眉尖上"一句而来。另文中"愁有悒悒而频添者",或亦本自该【哨遍】中"心怀悒怏"、"一天愁"等语。

○国色天香,杨妃醉容恐难比伦也:"杨妃醉容"请参前文"起股"之"海棠之睡足"注释。"国色天香"本用以形容牡丹,后多以之形容美女,尤其是杨贵妃。《西厢记》第一本第一折中,张生见到崔莺莺后的念白有曰"岂非天姿国色乎"。

○睠言顾之:《诗经·小雅·大东》:"睠言顾之,潸然出涕。"该八股文之作者及当时的读者读到"睠言顾之",殆自然会联想到其后句"潸然出涕"。

○彼美淑姬:《诗经·陈风·东门之池》:"彼美淑姬,可与晤歌。"

○劳心悄兮:《诗经·陈风·月出》:"舒窈纠兮,劳心悄兮。"

○妒月羞花:同"羞花闭月",指能使花、月羞愧而潜隐不出的绝世美貌。

○吴宫舞女:"吴娘"、"吴娃"、"吴姝"等为自古就有的俗语,盖以江南之地多出美女之故。

○薄言观之:《诗经·小雅·采绿》中有"薄言观者"一语。

○病有恹恹:盖本自《西厢记》第二本第一折【八声甘州】(第二本为崔莺莺唱词)之"恹恹瘦损,早是伤神,那值残春"一语。

○玉人:一般形容美人。《西厢记》第一本第一折【赚煞】有曰"春光在眼前,争奈玉人不见",此处殆因《西厢记》将崔莺莺唤作玉人而承袭之。

此为第三组对句。如前文所述,该部分各比多达九十二字,是全文最耀眼夺目之处。它承"过接"中"多愁多病"一语,前半言"愁",后半言"病",叙述了身值崔莺莺这样的美人,"愁"、"病"乃理所当然之事。

值得注意的是,此段运用了《诗经》等不少典故,较之其他部分用典尤为密集。作者之学识修养,由此已可见一斑。《诗经》以"关关雎鸠,在河之洲。窈窕淑女,君子好逑"一诗冠于卷首,全书收录了不少男女情爱之歌。从这一角度来看,《西厢记》八股文多用《诗经》典故可谓顺理成章。另外,该段直接阐述了"承题"中点明的"夫张之身因崔之貌而多愁病耳",在逻辑上,此为整篇文章之枢纽。

第四组对句及结句

(后股)前此梵王宫前凝眸一眺,未尝亲炙容光耳。兹之蹁跹而来者,幽扬婉转,即欲不魂消而不得,非巫峡山头,仿佛素娥之云雨。而我愁病孤踪,怎敢比襄王之梦耶?

前此月下联吟隔墙唱和,不过望见颜色耳。兹之袅娜而至者,容与淡雅,即欲不肠断而不能,非王孙堂前,恍似文君之风流。而我愁病微躯,怎能效司马之迹耶?

注释:

○梵王宫:本指大梵天王的宫殿,后泛指佛教寺院,钱起《归义寺题震上人壁》:"太阳忽临照,物象俄光煦。梵王宫始开,长者金先布。"《西厢记》第一本《楔子》、第一本第四折等亦有将佛寺称作"梵王宫"之例。

○凝眸一眺:或化用了第一本第一折【赚煞】中"饿眼望将穿"之语。

○容光:殆本自《莺莺传》中莺莺被爱人抛弃后所咏诗中"自从消瘦减容光"一句。

○"巫峡山头"以下,化用了宋玉《高唐赋》、《神女赋》中楚襄王梦里与巫山神女云雨之典。"素娥"原指奔月之嫦娥,宋玉《神女赋》云巫山神女"其少进也,皎若明月舒其光",故此处指神女。

○"王孙堂前"以下,用了《史记·司马相如传》中司马相如与卓文君之典。司马相如抚琴向卓王孙之女卓文君传情,文君闻之心动,与司马相如一起私奔。

此为第四组亦即最后一组对句。

前半言第一折中张生在佛殿上与崔莺莺初次邂逅之场面。它用了宋玉《高唐赋》、《神女赋》之典,楚襄王在梦中与神女有云雨之欢,而自己与意中人觌面相逢却无肌肤之亲。"愁"、"病"既是原因,亦是结果。

图 1-13　巫山神女(据《百美新咏》)　　图 1-14　卓文君(据《百美新咏》)

后半言第三折中崔、张二人夜色迷蒙时于庭院隔墙联诗之场面。司马相如与卓文君不顾一切毅然私奔,而自己却无勇气为之。此亦是因"愁"、"病"之故。

(收结)噫,貌倾城矣,倾国矣。可意种,何时得慰我愁而药我病耶?

"收结"正如其字面所言,为一篇文章之终结。

至此,这篇八股文已将蕴含于"我是个多愁多病身,怎当他倾国倾城貌"曲文中张生之心境淋漓尽致地阐发了出来。除了内容以外,它精妙的对句、密集的用典(且很显然,不少典故用得极为贴切、与语境十分契合)等等修辞,宛如五光十色的万花筒,带给读者别样的文学之旅,显示出作者深厚的文学功力。

八股文本是解释经书语句之文章。因此这篇八股文对戏曲

《西厢记》的语句采取了与经书一视同仁的处理方式。这在道学先生看来，定是大逆不道之事。然而正如前文所述，明代后期《西厢记》曾盛行一时，当时不仅有人给该戏曲文本作简单评语，还出现了王骥德、凌濛初、毛奇龄等人给曲文作的详细注疏。关于这一点，广瀬玲子撰有《西厢记的"注疏"——王骥德、毛奇龄对戏曲的读解》一文（《东洋文化研究所纪要》第139册，2000年）。与其说这篇八股文的诞生是《西厢记》之经典化现象之一，不如说以《西厢记》之经典化为土壤，才有这篇八股文的诞生。

六、出处与真实作者

以上解读了据称是唐寅所作的《西厢记》八股文，却尚未交代该文之出处。以下笔者将对其出处与真实作者作一粗略考察。虽然个中线索千头万绪，但笔者仍拟将考察的具体过程示与读者，相信这会比仅仅摆出一个抽象的结论铺陈出更多的景致。

笔者最初是从刘世珩《暖红室汇刻传剧》之《西厢记》中所收的《重编会真杂录》中，知道了这篇署名唐寅的《西厢记》八股文。《重编会真杂录》是一部关于《西厢记》的资料集，附有甲子即民国十三年（1924）刘世珩跋。该书收录了署名唐寅的二十篇《西厢记》八股文，以上这篇《我是个多愁多病身，怎当他倾国倾城貌》为其中第四篇。第一篇末尾有"载大业堂本西厢记"之注记，另《重编会真杂录》跋文中有"汪溥勋序大业堂本西厢记 前有唐寅作西厢题制艺二十篇"一语。

尽管笔者十分遗憾始终未尝找到大业堂本《西厢记》，然《西厢记》金圣叹本中，所谓释解本系的版本之一——《笺注绘像第六才子西厢释解》八卷（致和堂刊本，东京大学东洋文化研究所仓石文库藏）附有康熙己酉（八年，1669）"天都汪溥勋广囷氏"所撰《题圣叹批第六才子西厢原序》，该书卷首确实收录了题作"吴门唐伯虎先生编次"的二十篇《第六才子书西厢文》。刘世珩许是据被认为是金圣叹释解本系之一的大业堂本,而将署名唐寅的西厢文收于《重编会真杂录》。

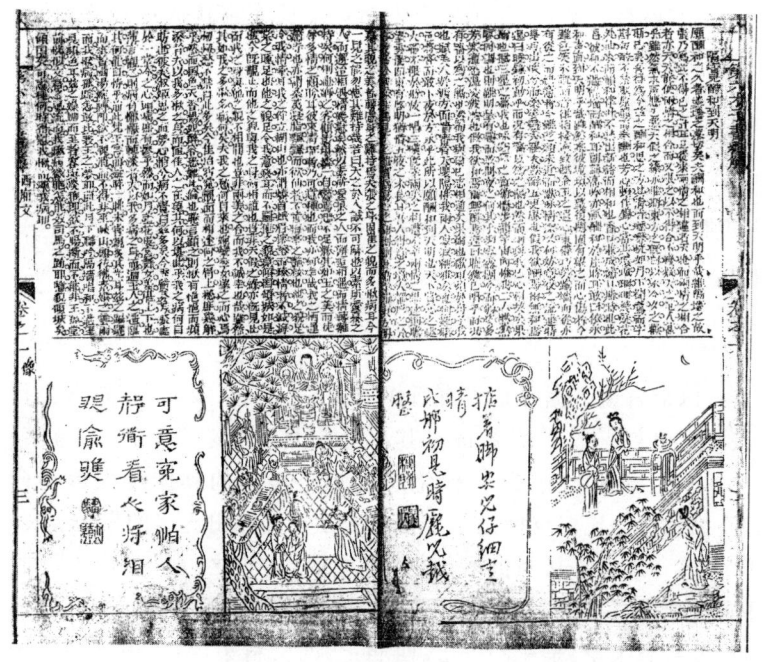

图 1-15 西厢文(《笺注绘像第六才子西厢释解》。上段为《西厢记》八股文,下段为与其内容相应的插图和题字)

然而,在金圣叹本《西厢记》中,释解本系为比较晚出的版本。一般多以《贯华堂第六才子书》为金圣叹本之最早版本,其中亦收有题作《六才西厢文》的二十篇《西厢记》八股文。但此《六才西厢文》却未署作者姓名,而在批语中可见"圣叹于此句批云"之文字,故这些"西厢文"之真实作者,很有可能不是金圣叹。

若将此二十篇《六才西厢文》与释解本系的二十篇相对比,可以发现题目相同者有十三篇,其余则文题有异。该篇《我是个多愁多病身,怎当他倾国倾城貌》亦收于《六才西厢文》中,虽然两者在文字上有些许出入,但在基本构思上几乎如出一辙。也就是说,释解本系的这十三篇西厢文文本,是从本为无名氏所作的《六才西厢文》中包括《我是个多愁多病身,怎当他倾国倾城貌》在内的十三篇里抄录出来的,尔后再冠以唐寅之名。

然尚令人疑惑的问题是:这二十篇中的其余七篇来自何处?《我是个多愁多病身,怎当他倾国倾城貌》这一篇中的若干文字差异,其由来又是如何?要解答这些问题,不得不提到一名曰钱书之文人所撰的《雅趣藏书》。该书附有识有"癸未桂秋吴门钱书酉山氏题"之序文,癸未即康熙四十二年(1703),吴门即苏州。在序文中,钱书叙述了自己将在阅读《西厢记》之际游戏笔墨而作的西厢文自行刊刻之事。而《雅趣藏书》收录的二十篇《西厢》八股,的确与释解系本所收者几乎完全一致。

根据以上材料,可作如下推断和总结。首先,金圣叹《贯华堂第六才子书》所附《六才西厢文》中收录了《我是个多愁多病身,怎当他倾国倾城貌》这篇八股文,作者不明;钱书读到了《六才西厢文》(金圣叹、钱书均为苏州人氏),将其中若干篇章进行文字上的增删、若干篇章自己执笔重作,然后把它们荟为《雅趣藏书》刊行(将前人作品改头换面、易称是自己著作的情况,在当时并不鲜见)。此外《雅趣藏书》的每一篇皆附有一页插图,文本制作十分考究。后来释解本系刊行之际,将《雅趣藏书》的二十篇西厢文原封不动地悉数收入,并冠以唐寅之名。另金圣叹本《西厢记》中收有题为《才子西厢醉心篇》的八股文辑,其上有"太史陈维崧其年订"之题署。陈维崧为本书第五章将要解读的《吴姬扣扣小传》之作者。

本章考察的这篇西厢文——《我是个多愁多病身,怎当他倾国倾城貌》之题目出自【雁儿落】,在明代刊行的《西厢记》诸版本中,凌濛初本(即前揭王季思校注本之底本)作"小子多愁多病身,怎当他倾国倾城貌"。该句以"我是个"开头,最初始自金圣叹本。因此仅从标题文字来看,即可知该八股文之作者至少是金圣叹以后的人,而不可能是唐寅。

图 1-16 《雅趣藏书》插图(汇集多篇西厢文的《雅趣藏书》,每篇皆附有插图。该幅所绘为张生和莺莺在佛殿上相会之场景)

七、再说唐寅

接下来的一个问题是：释解本系的编者，何以将这些八股文系于唐寅名下？本章开头已述及，唐寅为苏州人氏，与金圣叹、钱书等人乃同乡。此外，前文也已提到唐寅所绘崔莺莺画像在明刻《西厢记》中屡见不鲜。

唐寅不仅被释解本系《西厢记》假托为西厢文之作者，而且实际上他或许果真撰有《西厢记》八股文，此即清代刊行的《巾箱小品》中所收之《才子文》。该书收录的十五篇西厢文题目，无论是与贯华堂本《西厢记》所附《六才西厢文》还是《雅趣藏书》（以及释解本系）所收西厢文均无一相同。另其篇首附有祝允明撰《才子文序》。假若此《才子文》果真出自唐寅手笔，那么他与《西厢记》八股文之牵缠，则可以再往前追溯。

金圣叹本《西厢记》之另一种——《益智堂增补注典释义第六才子西厢记》（东京大学东洋文化研究所仓石文库藏）卷首附有《益智堂集选诸名家西厢制艺》，收录了唐寅、李贽、陶望龄、尤侗、余怀、吕留良、王鏊、赵鸣阳、唐顺之、李渔等人的十六篇《西厢记》八股文（《重编会真杂录》据《西堂杂组》一集卷四收录了尤侗《怎当他临去秋波那一转》这篇西厢文，据说顺治帝甚爱此文，廖肇亨《淫词艳曲与佛教》一文中有专门介绍。《益智堂集选诸名家西厢制艺》所收尤侗之作为另外一篇）。前文已述及《西厢记》之经典化现象，而《西厢记》八股文的世界亦是深邃幽远、引人入胜。

八股文本是为应科举或谓为一己功名而作的文章。以《西厢记》为题材作八股文，除了自娱之外，再无其他实际功用。将该篇《西厢记》八股文归于唐寅名下，其原因之一就是他与科举曾有一段纷繁纠葛。

唐寅可谓是一位八股文名家。其诗文集《唐伯虎全集》中，有一卷《六如居士制义》，收录了《唯仁者能好人能恶人》(语出《论语·里仁》)等十七篇八股文(《西厢记》八股文未见于《全集》中)。

唐寅生于苏州，幼年时即有才子之名。他为了科举而孜孜苦读，在考试中不负众望，声动一时。弘治十一年(1498)他二十九岁时，在江南乡试中高居榜首，得中举人。乡试之第一名称解元，因此唐寅常被称作唐解元。科举考试包括若干阶段，如果在乡试中考中举人，就须在翌年春天赴北京参加会试；如果会试及第、且在之后皇帝亲自主持的殿试中合格，那么就攀上了科举之最高顶点——进士。明清时代江南为文人渊薮，在各地举行的乡试中，江南乡试难度尤大素为人知。如果在江南乡试中得中解元，那么之后的会试、殿试高中金榜是稳操胜券之事。

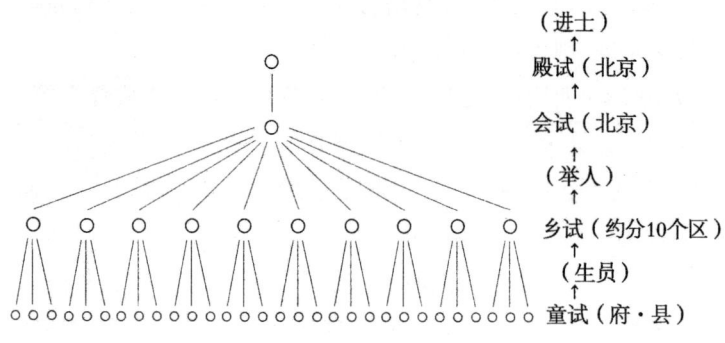

图 1-17　科举考试体系

唐寅春风得意，赴北京应考，然而却不意遭遇了所谓的试题泄漏事件。天性放浪自傲的他，称自己已经知道了下一场考试的题目，并事先写好模范答案与众人览阅。不料考试题目竟果然与他所言一致。当时的主考官为程敏政。程敏政因有泄漏试题之嫌疑而受到弹劾，唐寅也暂时被捕入狱。结果由于程敏政发布的会试及第榜上并无唐寅之名，弹劾他的人反而受到了处罚，疑云总算消散。然唐寅自此之后却被禁止再参加科举考试。关于唐寅遭遇的这一横祸，中山八郎先生有一系列考论（详参本章参考文献）。

经历如此事件，唐寅遂如本章开头所述回到苏州故里，以"江南第一风流才子"自诩，卖书鬻画，过着奔放不羁的生活。奔放生活的背后，是那段不堪回首的苦涩回忆。如果与这段噩梦般的经历联系起来看，那么科举仕进之道被彻底堵塞的唐寅，与功名已全然绝缘，而写作与功名丝毫无染的纯粹八股文——《西厢记》八股文，便会有更深层次上的寄托与情愫。释解本系之编者将唐寅假托为西厢文之作者，不知是否即出于此因。

八、《红楼梦》

唐寅从《西厢记》中拈出的这句"我是个多愁多病身，怎当他倾国倾城貌"，在清代曹雪芹的小说《红楼梦》中亦有浓墨重彩的叙写。在《红楼梦》第二十三回，贾宝玉正偷偷翻读《西厢记》时，林黛玉来了，说自己也想一阅。贾宝玉最初谎称自己读的不过是《中庸》《大学》之类，被揭穿谎言后，遂将"真真这是好书"的《西厢记》递与林黛玉。林黛玉一言不发，一口气读完了这十六出《西厢记》（据"十六出"之记述来看，宝、黛所读版本当为金圣叹本）。宝玉向黛玉道：

> 我就是个多愁多病身，你就是个倾国倾城貌。

他吟了《西厢记》中的这句曲文。在此宝、黛对话的场面中，这句话被用以传达两人心照不宣之爱恋。曹雪芹或许即是读了金圣叹本《西厢记》所附八股文题目，而对此语心有戚戚吧。

图 1-18　贾宝玉(在大观园中读《西厢记》之场景。据改琦《红楼梦图咏》)

本章参考文献

《暖红室汇刻传奇 西厢记》,江苏广陵古籍刻印社影印,1990年。

抱瓮老人《今古奇观》,顾学颉校注,人民文学出版社,1957年。

《唐伯虎题画诗 唐伯虎年谱》,苏州文史第25辑,1998年。

商衍鎏《清代科举考试述录》,生活·读书·新知三联书店,1958年。

廖肇亨《淫词艳曲与佛教——从〈西厢记〉相关文本论清初戏曲美学的佛教诠释》,《中研院中国文哲研究所集刊》第26期,2005年。

伝田章《增訂明刊元雜劇西廂記目録》,东洋学文献中心丛刊影印版之四,汲古书院,1979年。

廣瀨玲子《西廂記の"注疏"—王驥德、毛奇齡による戲曲の読解—》,《東洋文化研究所紀要》第139册,2000年。

中山八郎《唐寅と考試》,氏著《明清史論集》,汲古书院,1995年。

中山八郎《弘治十二年会試の策題第三について—〈唐寅と考試〉訂謬—》,氏著《明清史論集》,汲古书院,1995年。

中山八郎《唐寅と会試—弘治十二年会試策題第三について—再訂》,氏著《明清史論集》,汲古书院,1995年。

第二章 雅俗之间

——陈继儒《文娱序》

中国明末显著的社会文化现象之一，即是出版文化的繁荣。如同我们今日将新著文稿交付出版社刊印、以出版物形式在社会上广泛流通一样，当时在出版文化繁荣的背景下，诞生了诸如《三国演义》、《水浒传》等庞大的长篇小说群，一时间蔚为风尚。除此以外，还出现了一大批活跃于出版界的有别于传统士大夫的新型读书人。他们虽然未能在科举中及第，但依靠书籍出版，不仅可以谋得稻粱，也成就了自己的声名。本章将要探讨的陈继儒，即是当时这类"出版文化人"之典型。他出版发行了众多优雅趣味的生活指南，同时也是"小品文"的主倡者之一。本章拟解读陈继儒为郑元勋编纂的小品文集《媚幽阁文娱》所作序文。他对《媚幽阁文娱》之价值有何评断呢？

一、媒体时代

明末是一个相当有趣的时代。它宛如太阳下一个五光十色的多棱镜,每一面都闪烁着夺目而独特的光芒。而在笔者看来其中很耀眼的一面,便是明末社会与当今日本社会有不少相似之处。尤其是在大众传媒成立、媒体在社会中发挥重要作用、进而形成一种"大众社会"这一点上,尽管两者之规模不可同日而语,但从根本而言,此为这两个社会之显著共通点。

由于印刷出版的普及,明末社会与它之前的时代相较,信息传播的广度大大扩展了。中国的印刷出版,经过唐代的发展孕育期,至宋代达到全盛。与之前只依靠写本进行书籍流通的时代相比,宋代时书籍能够到达更多的读者手中。然而较之明末江南如火如荼的印刷出版,明末以前的书籍流通范围尚为有限。

由于明末江南出版业的发达,更多的书籍得以更便捷地流通到本就与书籍关系最为密切的士人阶层中;并且其流通范围突破了传统的士大夫书斋,扩大至寻常巷陌、烟火市井;书籍自身之性质也产生了翻天覆地的变化,与过去迥然有别。这些新变在当时来讲具有重要意义——它们使得社会上下(即士大夫阶层与庶民阶层)的信息沟通与交流变得更加活跃。

中国自古以来就不乏高雅文化。但在明代以前,它们仅为一部分上流阶级的人所独享,与大多数普通民众基本上是绝缘的。此外,由于社会地位的高低与文化趋尚之上下呈正向相关,所以上层阶级的读书人对于下层庶民文化兴味寥寥,至今存世的明代以前的那些汗牛充栋的典籍中几乎没有庶民文化之影迹。

明末由于社会上层与下层间的信息交流之活跃顺畅,浮现出了前所未有的形形色色的文化现象。在中国文学史上大放异彩的白话小说之发展即是其中一著例。现在我们所读的《三国演义》、《水浒传》、《西游记》等皆为明末诞生的作品。当然据现今留

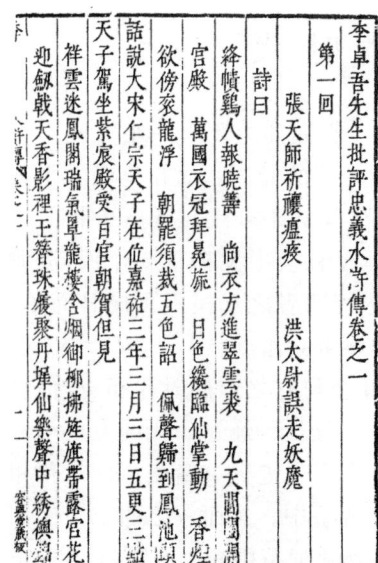

图 2-1 《水浒传》书影（明末万历年间刊行的容与堂本《李卓吾先生批评忠义水浒传》。虽然此为一部通俗小说，版刻却颇为豪华。其上附有明末名人李卓吾评点）

存的片断性资料可以确认，这些作品的故事情节并非明末之新创，而是在此之前就已然在坊间存在和流传。然而一百回、一百二十回这样的长篇文字化作品之完成是在明末。我们今日读到的那些白话小说文本，基本上成形于明末。长篇白话小说这一文学体裁产生的一个很重要的原因，即是当时的士人走出书斋、走向市井，对下层文化抱持着莫大关心并积极主动地融入其中。他们"走出"的这一步，为自古所未有，具有划时代的意义。明末文坛盛行的白话小说，是一面扬起的与传统主流文化——诗文相对的市民文化之旗。

乖

娘又乖，姐又乖。吃娘捉个石灰满房筛。小阿奴奴拚得

驮郎上床驮下地,两人合着一双鞋。(冯梦龙编《山歌》卷一)

这是下一章将要述及的《情仙曲》之作者冯梦龙收集的一首苏州民谣(山歌)。《山歌》中保留了原汁原味的苏州方言。将方言原封不动地记录下来,如实反映了与主流文化相对的市民文化之原生态。冯梦龙从幼年开始即潜心科举,因此可以说他是一个传统读书人。但他对这类歌谣非常感兴趣,编纂刊行了多达三百八十余首的山歌选集。此外,冯梦龙在《叙山歌》中,将中国的文学传统分为《诗经》之"风"与"雅"两个系列,对二者各自之流亚——"山歌"与"诗坛之诗"有如下论述:

> 且今虽季世,而但有假诗文,无假山歌。则以山歌不与诗文争名,故不屑假。苟其不屑假,而吾藉以存真,不亦可乎?

他以"真"、"假"为评价文学高下之标准:故作高雅的"诗坛之诗"是丧失了"真"的"假"诗,而俗之又俗的山歌则保持了"真"的品质。从这一角度而言,山歌的价值更高一等。通常来说,人们当然会认为处于主流文化圈中的诗文价值更高;而冯梦龙却更推崇山歌,对其褒誉有加。诸如这般,当时的读书人对俗文学的关注与趣味,成为明末以小说为代表的俗文学蓬勃发展的重要背景。

以上探讨了下层文化向上层的渗透融入。而随着信息流通范围的扩大,上层文化也出现了向下层民众普及的倾向。例如就中国文学的主峰——诗文而言,迄北宋为止,其作者基本仅局限于社会全体成员中的一小部分读书人。南宋时,以下层布衣为主要力量的江湖文人登上文学舞台。明代后期以降,作者群体的范围进一步扩大,更多的庶民也把作诗当成一种业余爱好。明代中期以来,主导文坛风气的是复古派(日本称之为"古文辞派"),他们提出"文必秦汉、诗必盛唐"的口号,主张以秦汉文章、盛唐诗歌为诗文创作的金科玉律。从本质而言,这是一种认为紧步范本才

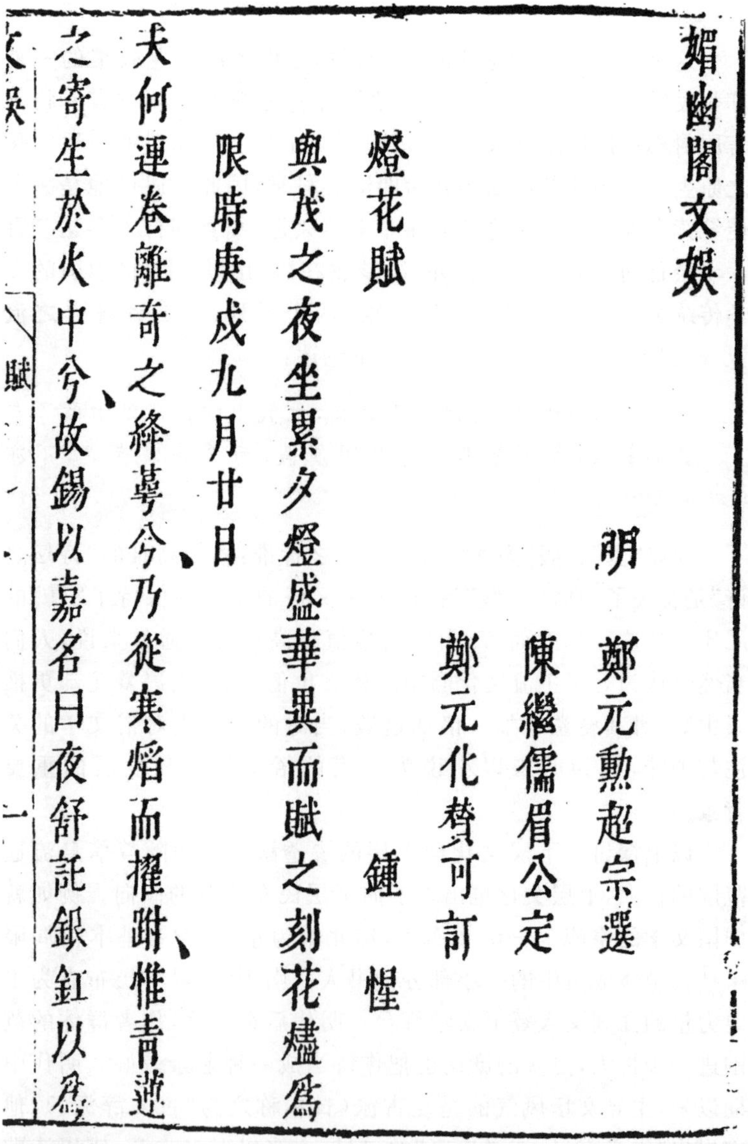

媚幽閣文娛

明　鄭元勳趙宗選
　　陳繼儒眉公定
　　鄭元化贊可訂
　　　　　鍾　惺

燈花賦

與茂之夜坐累夕燈盛華異而賦之刻花爐爲
限時庚戌九月廿日

夫何運卷離奇之絳蕚兮乃從寒焰而攉跗惟青遊
之寄生於火中兮故錫以嘉名曰夜舒詫銀釭以爲

图 2-2 《媚幽阁文娱》书影

能创作出佳制妙篇的方法论，从中折射出的是文学的模板化、指南化。复古派之文学主张盛行本身，即可谓是诗歌作者范围扩大、文学大众化的一个典型侧面。

与诗文一样，昔日仅在士大夫文人这个狭小圈子中流行的高雅文人趣味，也逐渐扩张其领地，蔓延至庶民群体间。明末时期的江南出现了一群不遗余力地推进"雅"的大众化的人，他们被称作"山人"。当时的"山人"之典型代表，即是本章将要解读的《文娱序》之作者——陈继儒。

二、"山人"陈继儒

陈继儒（1558—1639），松江华亭人，字仲醇，号眉公。在《明史》中，陈继儒之传收于卷二九八《隐逸传》里。他在二十九岁时断了科举仕进之念，幽居于山林，以诗文书画为友，悠游度日，颇有高人逸士之风。另一方面，陈继儒也有一些不甚光彩的轶闻。例如据史料记载，某日到宰相王锡爵宅邸拜访的一位官员，指着同在王宅的陈继儒问："此位何人？"答云"山人"，客复曰："既是山人，何不到山里去？"诸如此类故事。这种略微有些分裂的陈继儒之人物形象，本身即意味着明末"山人"这种新型读书人的诞生。

那么放弃了科举的陈继儒，依靠什么来谋生呢？首先正如以上这个小故事所记，他经常出入达官显贵之家以获得金钱财物，即俗谓

图 2-3　陈继儒

的"打秋风"。此外,他还有写诗作文的"润笔"。陈继儒虽然有同乡名人董其昌的宣传和支持,但无论是"打秋风"还是"润笔",首先必须要有一定的社会声望。陈继儒名声之彰著,主要是由于他的出版活动。他出版了众多著作、编集、批评等种类的书籍,它们的畅销使他声名鹊起。钱谦益《列朝诗集小传》丁集下"陈征士继儒"小传有如下一节:

> 仲醇(陈继儒之字)又能延招吴越间穷儒老宿隐约饥寒者,使之寻章摘句,族分部居,刺取其琐言僻事,荟蕞成书,流传远迩。款启寡闻者,争购为枕中之秘。于是眉公(陈继儒之号)之名,倾动寰宇。远而夷酋土司,咸丐其词章,近而酒楼茶馆,悉悬其画像,甚至穷乡小邑,鬻粔籹市盐豉者,胥被以眉公之名,无得免焉。直指使者行部,荐举无虚牍,天子亦闻其名,屡奉诏征用。

这段记述清楚地告诉我们,陈继儒所刊书籍,有不少是他延招乡里稍有文化的民众从典籍中寻章摘句拼贴而成的。这些书籍的畅销,首先使他获得了不菲的经济收入;更重要的是,还使他的名字为上至庙堂天子大臣、下至乡野贩夫走卒所闻,声满天下。放弃了科举的陈继儒,在当时出版文化繁盛的背景下依靠书籍出版而名利双收。

断绝了科举仕进之念、无意于名利、幽栖山林的陈继儒,主要出版和销售的是关于高雅文人趣味生活的书籍。例如,山家生活总论《岩栖幽事》《太平清话》、逸民通史《逸民史》、谈论茗茶的《茶话》、关于美酒的《酒颠补》、品鉴书画的《眉公书画史》等等,不一而足。文人趣味中国古来就有,但以往一直处于贵族或士大夫文化的"高高山顶";而到了明末这类高雅生活指南蜂起,在更广阔的社会阶层中普及开来,文人雅趣弥漫到了市井巷陌(关于这一现象,将在本书第四章详述)。活跃于"大众传媒"背景下的山人陈继儒,正是当时文人趣味普及的重要人物。他对于文人趣味的大众化(俗化)起了巨大的推动作用。

第二章 雅俗之间

陈继儒是清代乾隆朝作家蒋士铨所作戏曲《临川梦》（以明末戏曲作家汤显祖为主人公）中的登场人物。剧中的陈继儒，由反面角色净扮演。第二出《隐奸》中，陈继儒初次出场：

〔净坡巾素氅苍髯扮隐士上〕妆点山林大架子，附庸风雅小名家。终南捷径无心走，处士虚声尽力夸。獭祭诗书充著作，蝇营钟鼎润烟霞。翩然一只云间鹤（云间为松江别称），飞去飞来宰相衙。

老夫陈继儒。字仲醇，别号眉公。江南华亭人也。少年颇工八股文字，做秀才时，与董思白（董其昌）、王辰玉（王衡）两人齐名学校。年未三十，焚弃儒冠，自称高隐。你道这是什么意思？并非薄卿相而厚渔樵，正欲藉渔樵而哄卿相。骗得他冠裳动色，怎知俺名利双收。又得董思白极力推尊，更托王太仓多方延誉。以此费些银钱饭食，将江浙许多穷老名士，养在家中，寻章摘句，别类分门，凑成各样刻板出卖。吓得那一班鼠目寸光的时文朋友，拜倒辕门，盲称瞎赞，把我的名头传播四方。而此中黄金白镪，不取自来。

通过他这段短短的自白，其形象已生动传神地跃然纸上。开头的诗歌部分有"终南捷径"一语，它指的是为中进士而故意隐于终南山的唐代卢藏用的典故，讽刺那些将隐居作为获得一官半职之捷径者。但将此语用在陈继儒身上未必恰当，因为实际上朝廷曾屡诏陈继儒出山，然他自始至终皆断然拒绝，对官场富贵无丝毫汲汲之态。一边标榜自己反体制、而一旦体制内部发出召唤就欣然趋之者并非不存在，与这类人相较，陈继儒之隐遁（始终不仕进）显得傲骨铮铮。

对于售卖优雅趣味读物的陈继儒而言，高人隐士之衔是不论何物都难以取代的招牌，其名其利无不源自这一头衔。而一旦步入仕途，这个头衔就会成为欺世盗名的虚幌，不仅名声会被破坏，书籍销售也会受到影响。陈继儒不可能对此毫无算计。此外，他不为仕宦之诱所动，是因为在江南他并不乏谋生之道。他由于拒诏而声名日噪,吸引了一大批仰慕他的粉丝。由是在江南社会,以皇帝为顶点的官僚体制之外的另一种价值体系开始形成。此正是笔者之所以对陈继儒其人其事深怀兴味之最大缘由。

三、小品宣言

本章将要解读的是陈继儒的《文娱序》。《文娱》即郑元勋编集的小品文集《媚幽阁文娱》。它由"赋"(十六篇)、"文"(七篇)、"书"(五篇)、"序"(四十六篇)、"制辞"(十七篇)、"传"(十五篇)、"记"(三十五篇)、"杂文"(三十篇)构成,收录了同时代人的总计一百七十一篇文章。陈继儒之文章亦在其中。

该文集刊行于明末崇祯三年(1630)。是年陈继儒七十三岁,已然声名赫赫;编者郑元勋三十六岁,连捷于科举乡试、会试、殿试。《文娱序》是当时这位文坛领袖给初出茅庐的青年才俊所编文集作的序文。

往丁卯前,珰网告密。余谓董思翁云:"吾与公此时,不愿为文昌,但愿为天聋、地哑,庶几免于今之世矣。"郑超宗闻而笑曰:"闭门谢客,但以文自娱,庸何伤?"

注释:

○往丁卯前,珰网告密:丁卯为天启七年(1627)。是年天启帝驾崩,崇祯帝即位。崇祯帝即位后不久,即诛天启间权倾一时的宦官魏忠贤,魏忠贤自杀。宦官势力之后台——皇帝直属的特务机关东厂,奖励告密。与魏忠贤对立的,是以江南为活动中心的东林派。从陈继儒该段文字,不难看出当时北京宦官集团与江南东林派形同水火。

○董思翁:即董其昌(1555—1636),松江人,与陈继儒为同乡,万历十七年(1589)进士,以书画闻。他于天启五年(1625)任南京礼部尚书,然翌年(1626)即因"时政在奄竖,党祸酷烈"(《明史》卷二八八《董其昌传》)而辞去官职。此外,该天启六年爆发了奉魏忠贤之命前来逮捕周顺昌的宦官为苏州民众所殴杀的"开读之变"。

○文昌：文昌帝君。又称梓潼帝君。掌管学问、文章及科举之神。

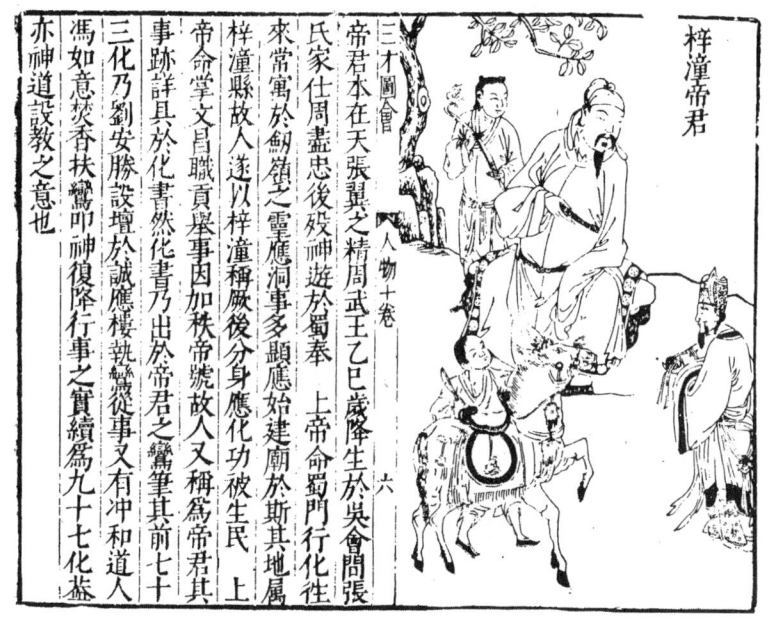

图 2-4　文昌帝君(侍于其侧者盖为天聋、地哑。据《三才图会》)

○天聋、地哑：文昌帝君的两位侍者之名。文昌帝君为使人不过于聪明而给侍者取此名，意为不闻、不言(见王逵《蠡海录》)。

○庶几免于今之世矣：化用了《论语·雍也》"子曰，不有祝鮀之佞、而有宋朝之美，难乎免于今之世矣"一语。

○郑超宗：即郑元勋(1604—1645)，江都(扬州)人。他在影园里黄牡丹盛开时，举行了黄牡丹诗会。本书第五章将要介绍的冒襄亦临此次盛会。详参拙作《黄牡丹诗会》(《冒襄和影梅庵忆语》第一章，台湾里仁书局，2013 年)。

○以文自娱：权德舆《唐故朝散大夫守秘书少监致仕周君墓志铭》（《权载之文集》卷二三）："筑室于崇德里，有嘉树修竹，休沐吟咏，以文自娱。"

○庸何伤：《春秋左氏传·文公十八年》："人夺女妻而不怒，一抶女，庸何伤？"

此段记述了闭门著述之背景——由于当时的政治空气令人窒息，故欲作文以自娱。"以文自娱"一语并非新创，而早已见于前代典籍中（如注释所示，此为唐人权德舆之语）。此处所言之"文"，并非矫弊匡世的文章（"载道"之文），而是在严酷的时代环境下自娱自乐的文章（"自娱"之文）。这是首先值得我们注意的地方。

文中云虽然魏忠贤已被诛杀，但宦官奖励告密，自己遂欲与世疏离，不涉足政治。此观点的政治批判意味不可谓不浓，在某种意义上来说甚至是相当激进的。这一堂堂宣言，已清晰彰显出江南人士陈继儒的处世之态。据《眉公府君年谱》之崇祯三年（1630）条记载，此崇祯三年他虽受光禄寺卿何乔远以"德行文章之士"为名向朝廷的推荐以及丁宾的旌表之荐，但他言"不求得福，亦宜远祸"，断然拒之。"亦宜远祸"与该序文中"但愿为天聋、地哑"语殊而意同，俱为对中央政府诏令明确拒绝之铮铮宣言。

"文娱"之名，许是由陶渊明《五柳先生传》中"常著文章自娱"一语而来。陈继儒有一篇自撰墓志铭——《空青先生墓志铭》，其开篇云：

> 先生姓陈讳继儒，自号空青公。不知其里居子姓，或云华亭人也。

"不知其里居子姓"部分与《五柳先生传》之开头"先生不知何许人也，亦不详其姓字"颇为神似。然而他并未止笔于"不知"，而是续云"或云华亭人也"，从中不难看出他对是否应将自己的身世公之于世颇费踌躇，左右为难。此正是陈继儒之个性所在，也正是他的可爱之处。

四、文学新潮流

近年缘读礼之暇,搜讨时贤杂作小品题评之,皆芽甲一新、精彩八面,有法外法、味外味、韵外韵。丽典新声,络绎奔会,似亦隆万以来气候秀擢之一会也。

注释:

○读礼:《礼记·曲礼下》:"居丧未葬,读丧礼。既葬,读祭礼。"指居家服丧。郑元勋自撰之《文娱初集序》有云"丁卯(天启七年,1627)秋失怙以来,形神放废"一语。"失怙"指父亲亡故。

○芽甲:刚萌芽的嫩叶。梅尧臣《和新晴》:"吏散庭除少公事,畦挑芽甲足春盘。"

○味外味、韵外韵:"味外之旨"、"韵外之致"俱出司空图《与李生论诗书》(《司空表圣文集》卷二)。

○丽典新声,络绎奔会:钟嵘《诗品》卷上论谢灵运诗曰:"名章迥句,处处间起。丽典新声,络绎奔会。"

○秀擢:秀丽突出。晁冲之《书怀寄李相如》:"天末有佳人,秀擢如芝兰。"

《文娱》为郑元勋编纂的同时代人的小品文集。该序首先假郑元勋之口肯定了这些小品文的重要价值。郑元勋在服丧期间偶然读到"时贤"的"杂作小品",数量宏富且新味扑鼻,将人带入了一个别有洞天的世界。当某种新潮流产生时,如果它不为时人所关注和品评,那么终究不过是个别现象,难以形成大的声势。郑元勋敏锐准确地捕捉到了隆庆(1567—1572)、万历(1573—1620)以来的这阵文学新潮流,并纵横论之。陈继儒赞同郑元勋之观点,以下一段为他承郑元勋之语而发表的见解:

往弇州公代兴,雷轰霆鞫,后生辈重跰而从者,几类西昆之宗李义山、江右之宗黄鲁直。楚之袁氏,思出而变之,欲以汉帜易赵帜,而人不尽服也。然新陈相变,作者或孤出、或四起,神鹰掣韝而掣九霄,天马脱辔而驰万里,即使弇州公见之,亦将感得气之先、发起予之叹。白乐天有云"天下无正声,悦耳即为娱",岂是之谓耶?

注释:

○弇州公:即王世贞(1526—1590),太仓人,复古派(日本称之为"古文辞派")"后七子"之一,与李攀龙并为其中心人物。

○雷轰霆鞫:雷为雷鸣,霆为闪电。

○重胼:手足所生之茧,指辛苦奔波。《庄子·天道》有云"百舍重胼而不敢息",一舍为百里。

○西昆之宗李义山、江右之宗黄鲁直:西昆为北宋初以杨亿等人为代表的西昆派,尊李商隐诗为范。江右指宋代以陈师道等人为代表的江西诗派,标举黄庭坚。

图2-5 王世贞

○楚之袁氏:指湖北公安县袁氏三兄弟(袁宗道、袁宏道、袁中道),即所谓"公安三袁"。他们反对复古派的模拟之风,倡性灵说。

○以汉帜易赵帜:语出《史记·淮阴侯列传》:"拔赵帜立汉赤帜。"韩信率军与赵交战时,眼看就要败北之际,他将赵军阵地的旗帜拔掉易以汉帜,赵军回营一看,以为阵地已落入汉军手中,遂溃败。"拔赵帜易汉帜"一般指取得战争胜利,而这里比喻公安派的性灵说取代复古派的模拟之风。

○神鹰掣韝而擘九霄,天马脱辔而驰万里:韝为缚鹰之皮具,比陈继儒稍晚的陈维崧《赠龚芝麓先生》(《陈迦陵文集》之《湖海楼诗集》卷二)诗中有"角鹰离韝马脱辔"之句。

○得气之先:《邵氏闻见录》卷十九:"康节先公曰:天下将治,地气自北而南,将乱,自南而北。今南方地气至矣,禽鸟飞类,得气之先者也。"

○起予之叹:《论语·八佾》:"子曰,起予者商也,始可与言诗已矣。"

○白乐天有云:白居易《白氏长庆集》卷二《秦中吟·议婚》:"天下无正声,悦耳即为娱。人间无正色,悦目即为姝。"

此为陈继儒承郑元勋之语而作的补充。回顾文学史,明代中期以降的文坛为复古派(古文辞派)之天下,李梦阳等"前七子"、王世贞等"后七子"活跃于文学舞台,诚可谓风靡一世。至万历年间,"楚之袁氏"即湖北公安的袁氏三兄弟崭露头角,发声抨击模拟之风,"欲以汉帜易赵帜"。然世人并非皆对此心悦诚服,形形色色标新立异的作者纷纷涌现。倘若王世贞见此情景,兴许亦会感叹不已吧。

该段以王世贞为明代前、后七子十余人之代表,是因为陈继儒曾从学于王世贞,王世贞对他寄予厚望。

当时,各种思潮和作品遍地开花。此段引用了白居易之诗句"天下无正声,悦耳即为娱",即世上绝对的东西是不存在的,只要合乎自己心意的就是最好的,这是一种相对主义的观念。然而值得注意的是,陈继儒观念中的文学或小品,皆为个人抒情言志的文学;对那些关乎国家天下的文学,他并非予以否定,而是根本未将其纳入视野。在政治空气严酷的时代,提倡"载道"之文学亦未尝不是一种"道"。然此并非陈继儒之关注方向所在。他所主张的文学,并非"反政治"的文学,而是"非政治"的文学。

五、销愁的文学

超宗曰,吾侪草士,岂敢洋洋浮浮,批判先觉。但古豪隽必有寄,如皇甫淫、杜预癖。柱下之五千言、毗耶之四十九年法,即至人累世宿劫,不能断文字缘,况吾辈乎?尝反复诸贤文,一读之蠲愁,再读之释涕,三读之不觉呻吟疾痛之去体也,其庶几大祥之援琴乎哉。

注释:

○洋洋浮浮:《诗经·卫风·硕人》:"河水洋洋,北流活活。"《诗经·大雅·江汉》:"江汉浮浮,武夫滔滔。"原指水势盛大,这里比喻夸夸其谈、盛气凌人。

○先觉:觉悟早于常人的人。《孟子·万章上》:"天之生此民也,使先知觉后知,使先觉觉后觉也。"

○皇甫淫:晋皇甫谧读书时废寝忘食,时人称其为"书淫"(《晋书》卷五一《皇甫谧传》)。

○杜预癖:晋杜预好《春秋左氏传》,武帝问"卿有何癖",杜预答曰"臣有左传癖"(见《晋书》卷三四《杜预传》)。

○柱下之五千言:老子曾任周之柱下吏,柱下指《老子》。另《史记·老子韩非列传》:"老子乃著书上下篇,言道德之意五千余言而去。"

○毗耶之四十九年法:毗耶为地名,是维摩诘居士之居所。维摩诘以善辩闻,著名的"文殊问疾"就是发生于毗耶,因此佛经中的毗耶一般代指维摩诘。四十九年为释迦说法之时间。释迦曾于毗耶说法布道,此处的毗耶似代指释迦。

○大祥之援琴:大祥为父母亡故后第二年之祭事。援琴指《孔子家语》卷四中记载的子贡在三年服丧期满后抚琴自乐、孔子称其为"君子"的故事,有悲中取乐之意。《文娱》刊行的崇祯三年,郑元勋恰好父丧期满。

该段记述了郑元勋关于《文娱》编纂意图之言论。他因读文章而愁销泪释、呻吟疾痛去体,文字竟有如此效用。他说,无论是何等往圣先贤,于忧怀郁闷之时,皆假文字疗治心灵之创,更何况是我们这些芸芸众生和凡俗之辈。郑元勋编纂该小品文集,其目的之一就是慰藉丧父之恸。

郑元勋在《文娱初集序》中有如下一段标举小品文价值之宣言:

> 吾以为文不足供人爱玩,则六经之外俱可烧。六经者,桑麻菽粟之可衣可食也。文者,奇葩文翼之怡人耳目、悦人性情也。若使不期美好,则天地产衣食生民之物足矣。彼怡悦人者,则何益而并育之。以为人不得衣食不生,不得怡悦则生亦槁,故两者衡立而不偏绌。

六、《文娱》之价值

余曰,宁唯是。开元中,将军裴旻居丧,诣吴道子,请画鬼神于东都天宫壁,以资冥福。答曰:"将军试为我缠结舞剑一曲,庶因猛厉以通幽冥。"旻唯唯。脱去缞服,装束走马,左旋右转,挥剑入云,高数十丈,若电光下射。旻引手执鞘承之,剑透室而入。观者数千人,无不惊栗。道子于是援毫图壁,飒然风起,为天下之壮观。

注释:

○"开元中"以下所记裴旻与吴道子之故事见于《太平广记》卷二一二"吴道玄"条引《独异志》。另《历代名画记》卷九"吴道玄"条亦记载了吴道子观裴旻剑舞并绘图画于壁之事。

○裴旻:《新唐书》卷二〇二《李白传》中,有载文宗皇帝诏以"李白歌诗"、"裴旻剑舞"以及"张旭草书"为"三绝"。

○吴道子:即吴道玄,唐代玄宗朝画家。

图 2-6 传吴道子所绘《送子天王图》（其中绘有灵动传神的鬼神）

〇东都天宫：唐代洛阳的一处寺院，即天宫寺。《历代名画记》卷三"记两京外州寺观画壁"之"天宫寺"条有曰"三门吴（道玄）画除灾患变"。

陈继儒接着前文郑元勋之语，以唐代画家吴道子之故事为譬喻，认为《文娱》之价值有过之而无不及，"为天下之壮观"。这里引用了将军裴旻在居丧时为追荐亡亲，请吴道子在洛阳天宫寺绘鬼神壁画的故事。裴旻缠结舞剑，令观者叹服；吴道子见之，由是挥毫作画。郑元勋《文娱初集序》云：

> 戊辰（崇祯元年，1628）冬过云间，私视眉公先生（陈继儒），若有甚获其心者，爱而欲传，援牍为序曰："人之娱此，当有什佰于子之自娱者。神浆天乐，而子是私之，毋乃不祥乎？"余弟然其言，乃次第订梓。阅二岁，庚午（崇祯三年，1630）初夏工始竣。

据此段记述，郑元勋在服父丧期间拜谒了陈继儒，因陈继儒之劝勉而完成了《文娱》之编纂并付梓。《文娱》之佳妙不减吴道子之壁画，给了郑元勋振奋鼓舞之力量。但此处所引的这个故事，未尝不可解读为好比吴道子观裴旻舞剑而汲取壁画之灵感一样,郑元勋在编小品文集时从陈继儒那里获得启示,遂有此瑰丽之编。

郑超宗磊落丈夫,文章高迈,名流见之皆辟易。出其精鉴,选为《文娱》,斯亦吴道子东都之画壁耳。若康乐娱于清燕、玄晖娱于澄江,未足比于《文娱》之壮观也。眉道人陈继儒书于砚庐中。

注释:

○辟易:退避。《史记·项羽本纪》:"项王瞋目而叱之,赤泉侯人马俱惊,辟易数里。"
○康乐娱于清燕:康乐即谢灵运,其《拟魏太子邺中集诗八首》之《王粲》中有句云"绸缪清燕娱"。
○玄晖娱于澄江:玄晖即谢朓,其《晚登三山还望京邑》诗中有"澄江静如练"之句。

末尾为陈继儒对郑元勋之褒誉。《文娱》蔚为壮观,有甚于谢灵运亲临之宴会、谢朓游赏之美景。譬诸吴道子之壁画而无愧的《文娱》刊行于世,其价值自毋庸赘言。全文在溢美之词中划下了句号。

七、《花史跋》

典型反映《文娱序》中陈继儒之"非政治"文学思想的,是他的另一篇文章——《花史跋》。这是一篇为王路编《花史左编》而作的跋文。他说,樵夫牧人,纵得野趣而不知其乐;农民商贾,纵食果蔬而不知其味;达官显贵,纵侍草木而不觉其趣——诸如此般,这是一篇以大胆直白的语句写就的文章。他批判说,花之妙丽,惟知者知之;无心之人,纵与之《花史》,亦不过将其弃置箧笥而不顾。然对于有心之人,情形就迥然不同了:

谛看花开花落,便与千万年兴亡盛衰之辙何异?虽谓"二十一史",皆在《左编》一史中,可也。

此为全文的结尾。因为这是一篇为《花史左编》而作的跋文，理所当然具有一种宣传的性质。然而他将“二十一史”置于与《花史》相均等的地位来考量，相较于人们一般把千万年兴亡盛衰之记录的“二十一史”视作权威典籍而言，显然是大大贬低了它们的价值，这是一种十分危险的思想。当时这种思想悄然萌芽，并得到了不少响应和支持。此正是明末江南引人入胜之所在。

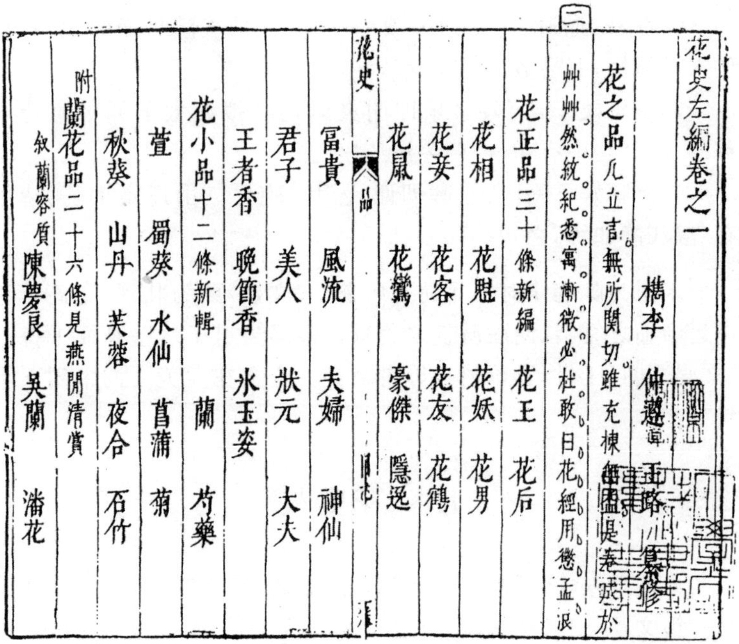
花史左編卷之一
檇李 仲遵 玉路 纂修
花之品凡立言無所關切雖充棟
艸艸然紈紀香寓漸微必杜敢曰花經用懲孟浪
花正品三十條新編 花王 花后
花相 花魁 花妖 花男
花妾 花客 花友 花鶴
花鼠 花鸞 豪傑 隱逸
花史
富貴 風流 夫婦 神仙
君子 美人 狀元 大夫
王者香 晚節香 氷玉姿
花小品十二條新輯 蘭 芍藥
萱 蜀葵 水仙 菖蒲 菊
秋葵 山丹 芙蓉 夜合 石竹
附蘭花品二十六條見燕閒清賞
叙蘭容質 陳夢良 吳蘭 潘花

图 2-7　《花史左编》书影

并非“完人”的陈继儒，生活于明末江南，我们从他身上可以发掘出种种有趣之处。

本章参考文献

郑元勋《媚幽阁文娱》，《中国文学珍本丛书》第一辑，上海杂志公司，1936 年。

陈继儒《陈眉公小品》,胡绍棠选注,文化艺术出版社,1996年。
陈平原《从文人之文到学者之文:明清散文研究》,生活·读书·新知三联书店,2004年。
张德建《明代山人文学研究》,湖南人民出版社,2005年。
大木康《明末江南的出版文化》,周保雄译,上海古籍出版社,2014年。

第三章 生死相依

——冯梦龙《情仙曲》

明末时期，宋应星所著科技著作《天工开物》问世，同时欧洲传教士的到来也使当时的中国人看到了全新的世界景象，这是一个科学技术知识迅猛发展的时代。然而另一方面，又是一个热衷于迷信、灵异的时代。当时的文人，对借助扶乩而与死者、仙女等对话沟通之事趋之若鹜。有"明末通俗文学旗手"之誉的冯梦龙在某日扶乩时，一个因相思而早早夭亡的少年的灵魂降临乩坛，自述上穷碧落下黄泉，终于觅得同样早夭的恋人之魂魄，而今两人又得以于幽冥之界相随相依。对此，冯梦龙云"无情而人，宁有情而鬼"，以"情仙"之名呼之。这对无论是生是死都不能使他们分离的"有情人"，究竟有着怎样的故事？

一、扶 乩 术

即使是在科学高度发达的现代,依然有许多未解之谜。人死后会成为何物、会去往何方全然不可知,明日之命运或即便是一小时后的命运,亦全然不在我们的掌握之中。

在科技发达程度与今天不可同日而语的明末,人们常常借助于超越人类能力的大存在(一般为神)之力量,去探索那些本来不可知之事。今日仍十分红火的算命、占卜之类,即是这种尝试之延续。

试想,人若能与神仙或者死者灵魂对话,该是一件多么美妙的事。这种尝试和努力,虽然具体形式和方法各各有异,却一样风行于世界各地。

在中国,有"扶乩"或谓"扶鸾"、"扶箕"等降灵术,它与日本的"狐狗狸"、"笔仙"等类似。神灵降于灵媒身上,灵媒手中的笔随神灵之意而移动书写出文字,通过解读这些文字而达到与神灵交流的目的。关于"扶乩",许地山、合山究、志贺市子、可儿弘明等曾有专门研究。在本章进入正题前,笔者拟据这些先行研究成果对"扶乩"之相关情况作简要介绍。

本书第一章解读《西厢记》八股文时,曾述及其背景——科举。对于中国的读书人而言,科举考试乃生涯中的一件大事。在他们进入考场之前,考试题目一直都是一个不可知晓的谜。考生若能事先知道试题,便是烧了高香了。尤其是八股取士时代,由于以经书中的一句话为考题俾考生解说之,故若能事先知道问题、仔细研读经书注释然后从容酝酿文思的话,那么金榜题名就好比是探囊取物了。

如此,为事前知道科举考试中出题之文句而行扶乩术乃顺理成章之事。许地山《扶箕迷信底研究》第二章《箕仙及其降笔》开头云:

扶箕是随着科举盛行起来底。赴试底举子一方面要预知试题，一方面又要知道科名底成败。若是功名不成就，就要问为什么，有什么补救底方法。这个无形中约束了秀才举人们底品行，使他们积些阴德阴功。

实际情况大致即是如此。扶乩源于招紫姑神等民间风习，而其骤然盛行，则是明代的事。在科举制度发展至顶峰的明清时代，扶乩术的市场也开始广阔起来。科举与扶乩，两者如同形影，实难将它们割裂而视。

许地山《扶箕迷信底研究》第二章《箕仙及其降笔》"(乙)箕仙预告事情"之"问试题"条中，亦列举了考生为预知试题而行扶乩之术的故事。其中有一则出自袁枚《子不语》卷二十一的故事如下：

康熙戊辰(1688)会试，举子求乩仙示题。乩仙书"不知"二字。举子再拜，求曰，"岂有神仙而不知之理？"乩仙乃大书曰："不知，不知，又不知。"众人大笑，以仙为无知也，而科题乃"不知命，无以为君子也，三节"。

此故事有两个有趣之处。面对考题为何之询问，神仙答以"不知"；考生以为神仙不知道而再度询问，神仙答以"不知，不知，又不知"；众考生以为神仙越发一无所知，遂捧腹大笑（从众人大笑这一点来看，他们对乩仙毫无敬畏之心）。然等到入考场开卷，才知试题为《论语·尧曰》中的一句：

子曰，不知命，无以为君子也。不知礼，无以立也。不知言，无以知人也。

"不知"在这段文字中出现了三次，即先前神仙云"不知，不知，又不知"，已然毫不隐晦地告知了试题。当然，考生们直到进入考场看到试题才恍然大悟。

第三章 生死相依 61

图 3-1 扶乩图(苏州的叶秀才因思念亡妻而扶乩,见爱妻托乩神所咏诗句,不禁失声痛哭。据《点石斋画报》忠集)

二、与死者之沟通

扶乩除了可以预知未来之命运(提前知道试题为其中之一)外,还可以与已故的人进行对话。关于后者,明末叶绍袁有记述从一死而复生者那里听闻夭折的爱女叶小鸾等死后世界之景象的《窃闻》,以及妻妾死后他通过为仙女附体的泐庵大师所闻她们死后世界场景的《续窃闻》,许多人对此二书并不陌生。苏州泐庵大师为降于因评点《水浒传》、《西厢记》等而有声者金圣叹(本书第一章已述及金圣叹本《西厢记》)宅中的神仙,明末清初江南文坛泰斗钱谦益有《天台泐法师灵异记》(《牧斋初学集》卷四十三)一文存世。由此我们不难见出当时文人对于扶乩术热衷程度之一斑。而这正是本章将要探讨的对象——冯梦龙《情仙曲》之诞生背景。

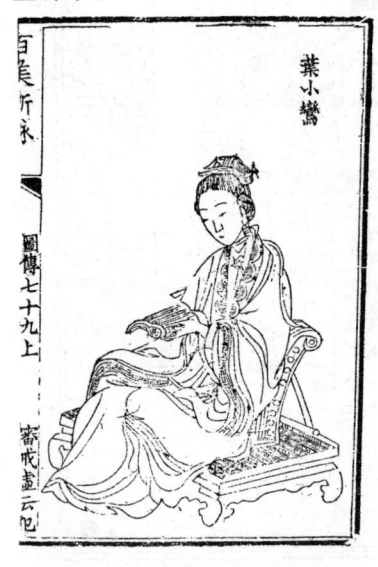

图 3-2 叶小鸾(据《百美新咏》)

周作人《夜读抄》(1928)中收录了《鬼的成长》一文,讨论了人死后幽灵的年龄是否会增长这一问题。文中周作人介绍了无锡人氏钱鹤岑的《望杏楼志痛编补》一卷(光绪二十五年,1899年刊)里所收的《乩谈日记》。钱鹤岑在其中记录了与坠地后仅四十日就夭亡的三子鼎宝、生于辛巳年(光绪七年,1881)十二岁时夭折的四子杏宝、生于丁亥年(光绪十三年,1887)仅存活五日即不幸如花凋零的三女萼贞等通过扶乩进行对话之事。例如文中记述道：

> 丙申（光绪二十二年，1896）十二月二十一日晚，杏宝始来。问汝去时十二岁，今身躯加长乎？曰，长。
>
> 丁酉（光绪二十三年，1897）正月十七日，早起扶乩，则先兄韵竺与闰妹杏宝皆在。问先兄逝世时年方二十六，今五十余矣，容颜亦老乎？曰，老。已留须乎？曰，留。

图3-3 金圣叹故居（金圣叹故居一角。位于苏州海红坊。三百五十余年前，金圣叹殆漫步于此）

正如这般，神灵每次仅回答简单的寥寥数语，故有多次往复问答。文章最后云：

> 八月初一日，野鬼上乩，报萼贞投生。问何日，书七月三十日。问何地，曰，城中。问其姓氏，书不知。亲戚骨肉历久不投生者尽于数月间陆续而去，岂产者独盛于今年，故尽去充数耶？不可解也。杏儿之后能上乩者仅留萼贞一人，若斯

言果确,则扶鸾之举自此止矣。

中国旧时的观念认为,人死后灵魂在虚空中游荡,然后又进入某人腹中投胎转世。钱鹤岑通过扶乩术与死去的子女交流,然而随着子女们逐个投胎,与他们的对话也终于断绝。周作人在该文结尾云:"《望杏楼志痛编补》一卷为我所读过的最悲哀的书之一。"虽然在今天看来扶乩不无迷信色彩,然钱鹤岑通过扶乩术而得与夭亡的孩子交谈片刻,聊慰挂怀。日本青森县恐山有女巫,人们通过她们可以与已经故去的亲友交流沟通,此亦是在同样的精神背景下产生的。关于扶乩之迷信性质,有前文所揭刊行于1941年的许地山之《扶箕迷信底研究》。当时正值中日战争,胡愈之为其所作序文中,云日本鬼子并不能灭亡中国;能使中国灭亡的,必是扶乩等"运命思想"、"灵物崇拜"。因而他认为许地山该书虽然与中日战争并无直接关联,但与"抗战八股"等不宜等量齐观,对其给予了高度评价。

三、冯梦龙《情仙曲》

前章已引用了一首明末苏州文人冯梦龙(1574—1646)收集的苏州民谣——山歌。他不仅是一位歌谣收集者,在明末当时如火如荼出版的白话小说、戏曲、笑话等所谓通俗文学界亦是一位风云人物。他被誉为明末"通俗文学之旗手",用今天的话来说,就是市井文化的领导者。他编集的短编白话小说集"三言"在东亚地区拥有众多热心读者。就日本而言,上田秋成《雨月物语》中"蛇性之淫"、"菊花之契"等故事,其蓝本皆是"三言",此或为"三言"风靡东亚的最佳明证。此外,冯梦龙在得到明末成书、却一直以抄本形式流传的《金瓶梅》后,即欲将之刊刻出版。他与出版业结缘甚深,具有毫无舛差地识别畅销书之慧眼。冯梦龙自己的《金瓶梅》出版计划虽因遭到周围人等的反对而最终流产,但众所周知,之后《金瓶梅》被广为刊刻、出现了众多版本,冯梦龙的功劳

第三章 生死相依 65

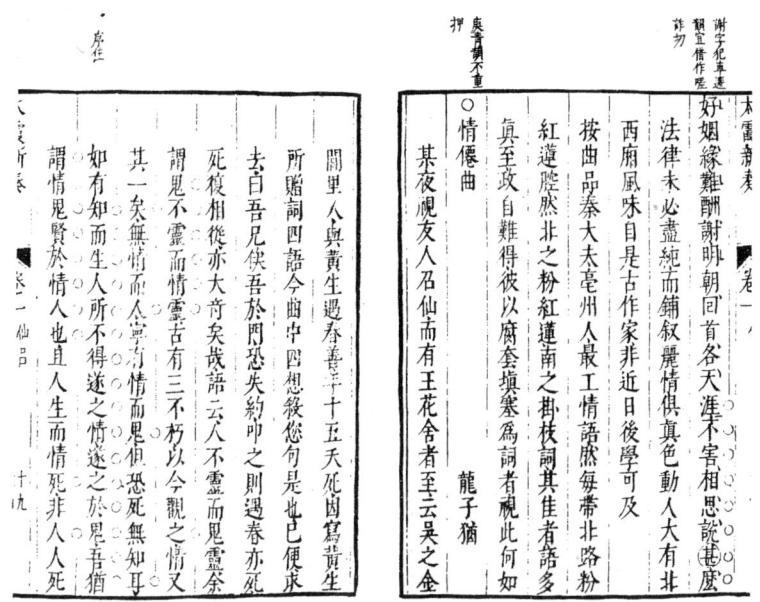

图 3-4 《情仙曲》(《太霞新奏》卷一书影)

是不可磨灭的。冯梦龙出版的书籍种类包罗万象,其中尤以科举参考书等最为畅销。虽然他自己在科举乡试中落第,但并不影响他所编刊的此类参考书之销售。由于明末出版业的隆盛,读书人谋名谋利并非仅科举及第这一独木桥可走,立身方式千差万别的读书人纷纷登上舞台。与前章所述陈继儒同在当时出版文化界大显身手的,即是冯梦龙。

对万事皆有旺盛好奇心的冯梦龙,关注能与死者幽灵交流的扶乩之术,自是不难令人理解的。他将降临乩坛、自述生前身世的少年王花舍之事以散曲形式谱成《情仙曲》,流传至今。此《情仙曲》收于冯梦龙编撰的散曲集《太霞新奏》卷一。

散曲为中国韵文之一种。中国的韵文,有诗、词、曲等多种体裁。一代有一代之文学,一般多以"汉文、唐诗、宋词、元曲"为中国古典文学之代表,这其中就有"元曲"。说到"元曲",人们可能多会想起"元杂剧",即戏剧的脚本。然而实际上"元曲"包含"戏曲"和"散曲"两种形式。众所周知,"戏曲"即舞台剧之脚本,与之相对的"散曲"则是无"白"(念白)和"科"(舞台动作提示)的歌曲。"散曲"又可分为"小令"和"套数"。"小令"与词一样,是仅以一首歌曲完结的作品。与之相对,"套数"则是以几首歌曲构成的组曲("套"类于食堂"套餐"等"套",一组、一套之意)。"戏曲"亦为组曲,从形式来看,或可曰从"戏曲"中抽除"白"和"科"即为"散曲套数"。

四、《情仙曲》序

首先来看《情仙曲》开篇所附之序文。

某夜,视友人召仙,而有王花舍者至。云吴之金阊里人,与黄生遇春善,年十五夭死。因写黄生所赠词四语,今曲中四"想杀您"句是也。已便求去曰:"吾兄俟吾于门,恐失约。"叩之则遇春亦死。死复相从,亦大奇矣哉。

注释:

○吴之金阊里:吴指苏州。金阊为苏州城西北方的金门与阊门。金门、阊门临连结北京、杭州的中国南北交通大动脉京杭大运河通往苏州城之出入口,商肆林立,为繁华之地。

○想杀您:"杀"表示程度之甚。

语云人不灵而鬼灵,余谓鬼不灵而情灵。古有三不朽,以今观之,情又其一矣。无情而人,宁有情而鬼。但恐死无知耳。如有知,而生人所不得遂之情,遂之于鬼,吾犹谓情鬼贤于情人也。且人生而情死非人,人死而情生非鬼。

注释:

○语云人不灵而鬼灵:《太平御览》卷四四四:"谚曰,生有知人之明,死有鬼灵之验。"

○古有三不朽:《春秋左氏传·襄公二十四年》:"大上有立德,其次有立功,其次有立言。虽久不废,此之谓不朽。"

夫花舍小竖子,生未尝越金阊数武,而仗此情灵,得偕所欢,以逍遥吴越之间,而享仙坛香火之奉,与生人相应答不爽。花舍为不朽矣。鬼能如是乎哉?名之曰"情仙"也亦宜。

注释:

○数武:古以六尺为步,半步为武。
○不爽:爽指差错、相左。

以上为《情仙曲》之序文。

通过扶乩术而与已故之人的灵魂对话,其所招之对象,正如前文所揭叶绍袁《窈闻》、《续窈闻》等所记,大多为女性,尤其是正值青春芳华而香销玉殒之女性。而此《情仙曲》中记述的招引对象则变成了早夭的少年。然在这段同性恋爱关系中,王花舍为美少年,即扮演着女性角色。从这一角度来看,未尝不可将他与女仙等而视之。

此外,例如前文提到的叶绍袁所述其女儿叶小鸾本是从天上被贬谪到人间世界的散仙女(《窈闻》),而今已转世投生为月府的侍书女(《续窈闻》)等,降临乩坛者原本多为仙女,即曾经在天界生活之人。但此文所记之王花舍,则完全是"鬼",即普通人死后化成的亡灵。本来"鬼"与"仙"并非为一物。未尝到过天界的王花舍不过是一"鬼"而已,却能在死后仍然与生前朝思暮想的意中人相依相守,冯梦龙认为这是"情"之巨大力量使然,故特以"情仙"之名呼之。王花舍是英年早逝的美少年之亡灵,此或亦为冯梦龙呼之曰"仙"的基础条件之一。

漫步冯梦龙的文学世界,其重要关键词之一即是"情",本章最后拟对此作集中探讨。而此处已然可见重"情"的冯梦龙关于"情"之重要宣言。他认为无情之人,未若有情之鬼——人生而情死,已然非人;人死而情生,则非为鬼。

五、惜春长怕花开早

序文之后即是散曲部分。作诗须用韵,例如《广韵》、《礼部韵略》(平水韵)等。这些韵书首先将全部文字据声调分为平声、上声、去声、入声四声;平声中,又将属于同一韵部的文字分类集中到一起。而曲基本上是为了歌唱而作。歌唱时,曲调中音的高低至关重要,而声调的区别则要求并不严格。因此另编一部作曲用的韵书就很有必要。曲盛行的元代,周德清编撰了作曲用的韵书《中原音韵》。《中原音韵》中,首先作了"一东钟"、"二江阳"等大致分类,然后又在各个韵部中,将文字分为平、上、去、入四类。《情仙曲》用了"庚青"韵,例如在开头的【二犯傍妆台】中,韵字为"生"、"整"、"明"、"名"、"京"、"馨"、"成"。"生"、"明"、"名"等多为平声字,而"整"为上声字。此外,全篇组曲皆用此"庚青"韵。

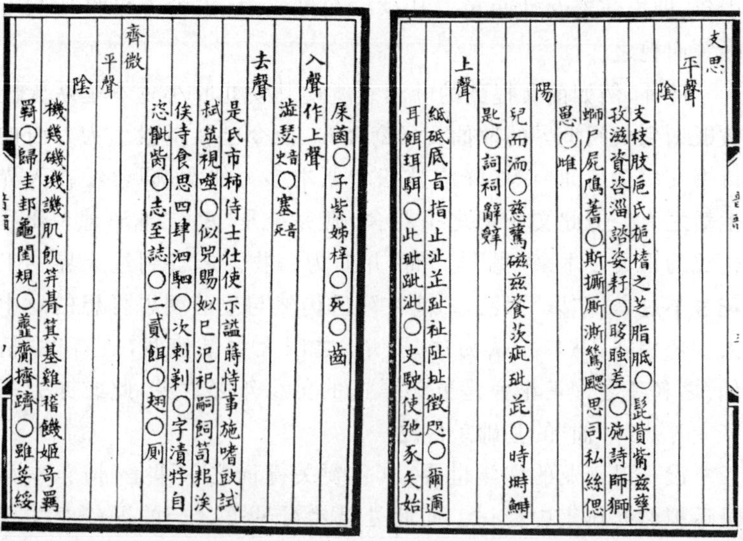

图 3-5 《中原音韵》书影(该图为"支思"、"齐微"部分。"支思"下又分四声)

【二犯傍妆台】(首尾本调,中二句【八声甘州】,次二句【皂罗袍】)小书生,庞儿齐整,从幼更聪明。双亲爱惜我如花朵,把花舍做乳中名。既愿我生身譬如花易长,又愿我他日攀花上玉京。愧非国瑞,颇传宁馨,不道空花暂现少收成。

注释:

○庞儿:脸庞。

○攀花上玉京:"攀花"或即"攀桂",科举及第意。"玉京"指都城。此处盖指去北京应殿试。

○国瑞:国宝。

○宁馨:六朝时口语,如此之意。《晋书·王衍传》载,王衍幼时曾去山涛府上拜访,山涛云"何物老媪,生宁馨儿"。后多指聪明可人的孩子。

○空花:佛教语,虚幻无实之花。

○收成:收获。指有成就的未来。

【二犯傍妆台】为该曲的曲调名(曲牌)。此处曲牌下有"首尾本调,中二句【八声甘州】,次二句【皂罗袍】"之注记,表示该曲基本依【傍妆台】,开篇和结尾用【傍妆台】,中间二句即"既愿我生身譬如花易长,又愿我他日攀花上玉京"用【八声甘州】,下面二句即"愧非国瑞,颇传宁馨"用【皂罗袍】,中间插入了其他曲调。《情仙曲》收于《太霞新奏》卷一,而卷一为"仙吕"调之曲集。戏曲或散曲套数在写作时,一套组曲必须选用属于同一曲调的曲牌。该《情仙曲》以下的【醉扶归】等曲牌皆属"仙吕"调。此外,该曲从头至尾基本皆为王花舍以第一人称歌唱的唱词。

少年之名曰"花舍"、双亲爱惜如"花朵"、生身譬如"花"易长、"攀花"上玉京、"空花"暂现少收成,全篇尽是"花"语。

散曲中以花名、药名等缀成的游戏之作并非凤毛麟角,譬如《太霞新奏》卷一开头所收沈璟之《集杂剧名》,就是一首以杂剧题目连缀而成的散曲。《情仙曲》之满目繁花,亦是此类作品之流亚。朵朵芬芳,还将在后文不时绽放。

【醉归花月渡】叹桃花也犯在男儿命,做杨花飘荡惹丝萦。只为向暖葵花恋多晴,将我心花万种牵缠定。真诚,要比黄花久长霜吐英,莲花并头一同枯与荣。桂馥兰馨,肯学那萍花但浮梗。谁想只几阵催花雨,断送得娇花冷。如今个魂断残花蜀帝声,好一似江面浮花灭浪形。

注释:

○醉归花月渡:题下有"醉扶归、四时花、月儿高、渡江云"之注。该曲牌名由【醉扶归】、【四时花】、【月儿高】、【渡江云】组合而成。"叹桃花也犯在男儿命,做杨花飘荡惹丝萦。只为向暖葵花恋多晴,将我心花万种牵缠定"四句为【醉扶归】,"真诚,要比黄花久长霜吐英,莲花并头一同枯与荣"为【四时花】,"桂馥兰馨,肯学那萍花但浮梗。谁想只几阵催花雨,断送得娇花冷"为【月儿高】,"如今个魂断残花蜀帝声,好一似江面浮花灭浪形"为【渡江云】。

○桃花也犯在男儿命:桃花命指红颜薄命,此处殆指"美少年薄命"。另桃花亦为爱情之象征。

○做杨花飘荡惹丝萦:杨花即柳絮,多用以比喻轻浮或多情之女子。"丝"与"思"同音,为双关语。

○向暖葵花恋多晴:指向日葵围着太阳转。"晴"与"情"同音,"恋多晴"即"恋多情"。据李丰楙《唐人葵花诗与道教女冠——从道教史的观点解说唐人咏葵花诗》(氏著《忧与游:六朝隋唐游仙诗论集》所收,学生书局,1996年),向日葵与女冠(女道士)之形象颇有渊源。此处它多少与仙女有关联。

○莲花并头:并头莲多用以比喻恩爱之男女。

○萍花但浮梗:比喻无定性之物。

○催花雨:促花凋谢的雨。

○蜀帝声:指杜鹃啼叫声。蜀国望帝因与臣下之妻私通而隐遁避世。望帝去国之二月,杜鹃哀鸣。自李商隐《锦瑟》云"望帝春心托杜鹃",这一典故屡屡出现于中国的爱情诗中。

这一曲亦满是花之芳泽。作者列举了柳絮、向日葵、浮萍等具体的花名,以各花的性格譬诸人心种种。虽然祈愿好花常在,但欢娱之晨夕何其无常迅速,那些花朵终究凋零飘散——惜春长怕花开早,何况落红无数。

六、美少年? 美少女?

【皂袍公子】懊恨,风流花性,尽摇风动月,意态纵横。贪花的空有惜花情,遇春来翻惹伤春病。阊间城,黄昏片月,惨淡鬼门灯。

注释:
○风流花性:指思春之心。
○贪花:指多情。
○空:意同"徒"。
○遇春来:"春天到来"与"(黄)遇春来了"之双关语。
○伤春病:因春色逝去而悲愁染病。指相思之深。
○阊间城:苏州。阊间为春秋时代吴国君主,定都苏州。
○鬼门灯:鬼门为阳世与阴间之间的门,亦称鬼门关。此处殆指片月(月牙)犹如昏黄暗淡的鬼门关灯火。

这一曲写两人原本深深相爱,王花舍因相思成疾而殒命。因痴情慕色而亡,与汤显祖《牡丹亭》之杜丽娘的情形如出一辙。

另外,王花舍虽是男儿身,却名唤"花舍",又有如此一段尽是花的描写,仅从文字表面来看,其形象就类于少女。这一点是颇值得玩味的。据序文中"花舍小竖子"、【醉归花月渡】曲中"叹桃花也犯在男儿命"等语,可知王花舍乃少年确凿无疑。但倘若撇开这些句子,那么将王花舍当作美少女、将此曲当作男女情歌来解读,未必有甚牵强。王花舍为美少年,在恋情中扮演女性角色。在同性恋爱中,基本上都有扮演男性角色的一方和女性角色的一方,与男女异性恋爱的情形是类似的。

图 3-6 《牡丹亭》插图(杜丽娘幽灵夜访柳梦梅之场景。杜丽娘脚下的云朵,表示她乃鬼魂)

在冯梦龙笔下,王花舍究竟是美少年,还是美少女?正是这种界限的模糊,带给读者朦胧的美感和广阔的想象空间。

七、一往情深深几许

【解三酲】为情浓每怀耿耿,被情痴引去魂灵。犹记得淋漓裙练词新警,齐唱个解三酲。他道想杀您鸳鸯锦被寒同宿,想杀您孔雀春屏昼共凭。说到情深境,任千官万寿都化做春冰。

注释:

○每怀耿耿:内心常为某事牵缠挂怀之状。

○淋漓裙练:裙练本意为白绢下裳,指文人挥毫(事见《宋书·羊欣传》),明人常以此指代娈童。淋漓指墨痕淋漓、下笔气势磅礴貌。

○鸳鸯、孔雀:均为恩爱男女之象征。《花间集》卷七顾敻《献衷子》词中有"绣鸳鸯帐暖,画孔雀屏欹"之语。鸳鸯与孔雀为中国古典诗歌中的常见意象。

○千官万寿:高官地位与长命百岁。

"想杀您"部分,为扶乩时王花舍叙述的昔日黄遇春对自己倾诉的甜言蜜语。

【解罗歌】(【解三酲换头】,【皂罗袍】,【排歌】)又道想杀您楚水巫山青眼断,想杀您拜佛祈神白首盟。一桩桩一句句都是真光景,谁个是假惺惺。想是前生夫妇,做了今生弟兄。似此今生恩爱,未审来生可能。不愁命短,只愿双魂并。春难久,花易零,但能同死胜同生。分明是花重放,春再更,黄泉相见笑相迎。

注释:

○楚水巫山青眼断:楚水巫山指宋玉《高唐赋》中楚襄王与巫山神女欢会之故事,有云雨之意。青眼虽一般多指阮籍青眼白眼之典故,然此处"青眼断"指告别时目送意中人远去直至消逝不见。此外,"青眼"还与下句"白首"相对。

○白首盟:指白头偕老之誓。

○但能同死胜同生:殆化用了《三国演义》第一回"桃园结义"场景中"不求同年同月同日生,只愿同年同月同日死"之语。

○分明:明明,显然。

【感亭秋】免却了人间口舌讥共评,又没个尊长苦相绳。便是铁脸阎罗也把情魄矜,一任我骖鸾跨鹤同驰骋。形虽化,神自清,喜到仙坛净。

注释:

○尊长苦相绳:尊长即长辈。苦,甚、十分。绳,捆绑,代指束缚。

○骖鸾跨鹤:又作骖鸾驭鹤。鸾、鹤均为仙人所乘之物。代指成仙。

○仙坛:此处指乩坛。

【尾声】托乩神把衷肠罄,非关花舍不留停,怎撇下兄长的孤魂在门外等。

注释:

○托乩神:如叶绍袁以泐庵大师所化神仙为媒介而与女儿叶小鸾对话一般,王花舍并不能以一己之力直接降于乩坛。乩神指起灵媒作用的神仙。

○非关:不是,不是因为。

王花舍之恋人黄遇春亦已亡故,为阴间鬼魂。他正在门外等候王花舍,是故该曲以"非关花舍不留停,怎撇下兄长的孤魂在门外等"作结。今生心心念念却终不得遂之深爱,惟相约于来世,相谐于来生。冯梦龙认为,虽然是鬼魂,然情之铭心刻骨,堪比比鬼更高一等的仙,故呼之曰"情仙"。

八、文 人 反 响

至此,冯梦龙的《情仙曲》已经画上了句号。然尚有一段评语与冯梦龙之兄冯梦桂(字若木)的诗附于其后:

事奇序奇词又奇。同时咏歌其事者甚多,惟若木生古风一篇颇佳,因附此。

谁窥玉笈摹霝文,清香夜永驱白云。须臾花雾簇仙灵,未通姓氏先氤氲。元是金闾繁华子,十五丰神净秋水。一寸柔肠暗殢人,不愿同生愿同死。东风限短春难驻,冷香狼藉同朝露。天荒地老情转新,练裙犹忆消魂句。人生莫讶辞世早,世间离合多草草。何如一笑化双鸾,朝朝暮暮蓬莱岛。

注释:

○玉笈摹霝文:指扶乩时,乩仙在箱中盛放的砂粒上所书之文字。

○白云、花雾、氤氲:均指乩仙降临时,乩坛所生云雾。

○丰神净秋水:指清朗的神采。杜甫《徐卿二子歌》:"大儿九龄色清彻,秋水为神玉为骨。"

○殢人:指倾心于人。殢云尤雨指男女欢爱。

○冷香狼藉:高启《梅花》:"翠羽惊飞别树头,冷香狼藉倩谁收。"原指花朵凋谢,此处指王花舍英年早夭。

○朝露:曹操《短歌行》:"对酒当歌,人生几何?譬如朝露,去日苦多。"比喻人生短暂。

○天荒地老:指时间漫长。李贺《致酒行》:"吾闻马周昔作新丰客,天荒地老无人识。"

○练裙:参前文"淋漓裙练"条注释。

○草草:指匆忙仓促。梅尧臣《令狐秘丞守彭州》:"前时草草别,渺漫二十年。"

○朝朝暮暮:宋玉《高唐赋》:"旦为行云,暮为行雨。朝朝暮暮,阳台之下。"

○蓬莱岛:东海上的仙人世界。

当时有不少文人,皆为王花舍竞相赋诗题咏。这表明,冯梦龙等晚明士人在实际生活中热衷于通过扶乩而与死者亡灵沟通,其周边友人亦对此津津乐道,他们将所思所感抒于诗词歌赋。另外,此处所引《高唐赋》之"朝朝暮暮"本为表现男女情爱的典故,而作者别出心裁地将它化用到了男性同性恋爱中。

九、"情"丝万千

正如《情仙曲》序文所云"人生而情死非人,人死而情生非鬼",如欲走进冯梦龙之文学世界,那么"情"是一个不可不予以注目的关键词。

在朱子学对人的解释中,"情"是一个与"性"相对的概念——若"性"为人与生俱来的内在禀性,那么它发诸为感情活动、行动等,即为"情"。在这一意义上,"情"本身并非一种应予以否定之物。然"情"一旦与人的行动结合为一体,就包含了最终向"欲(人欲)"转化的趋势。因而朱子学云"性即理",将"理"彻底视作"性"的等同之物;个人修养的目标,就是要遵从"天理"、断灭"情"以及它衍生出的"欲"。由此看来,冯梦龙的这些热情讴歌"情"之宣言,是站在与朱子学对立的立场上所发出的声音。顺带一说,与朱子的"性即理"相对,王阳明将"性"与"情"统纳之于"心",云"心即理"。据此,"情"亦成为"理"的题中应有之义。冯梦龙之发言,与阳明学或许不无关联。

冯梦龙《情史类略》序文中,有如下一节:

> 情史,余志也。余少负情痴,遇朋侪,必倾赤相与,吉凶同患。闻人有奇穷奇枉,虽不相识,求为之地。或力所不及,则嗟叹累日,中夜展转不寐。见一有情人,辄欲下拜。或无情者,志言相忤,必委曲以情导之,万万不从乃已。尝戏言我

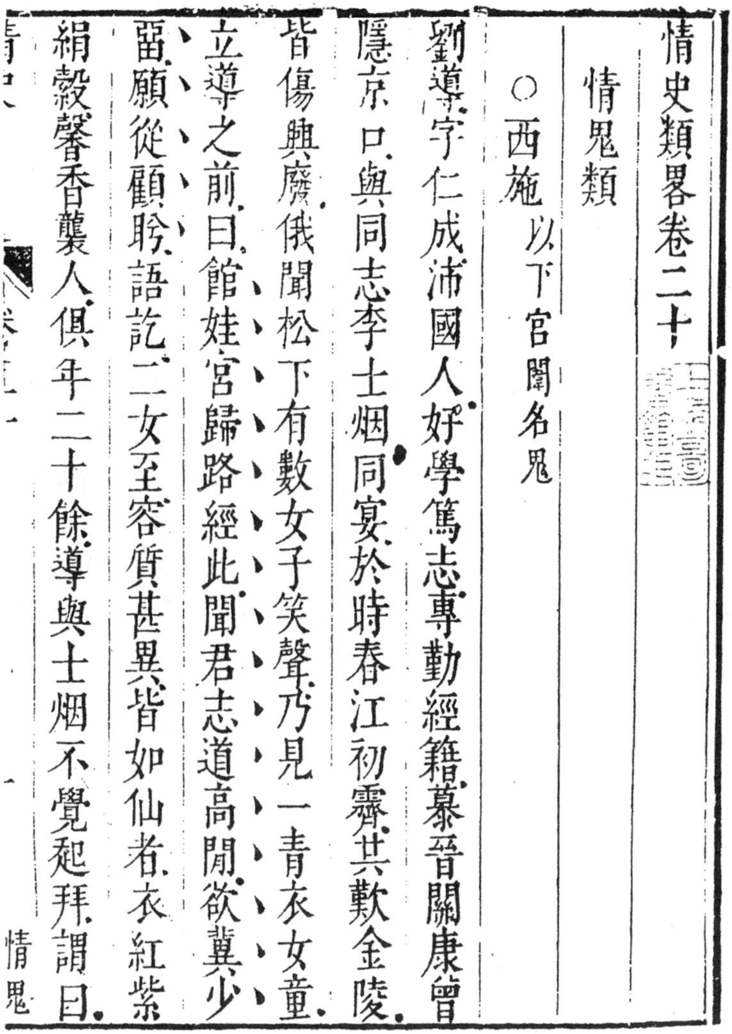

情史類畧卷二十

情鬼類

○西施以下宮閨名鬼

劉導字仁成沛國人好學篤志專勤經籍慕晉關康曾隱京口與同志李士烟同宴於時春江初霽共歎金陵皆傷興廢俄聞松下有數女子笑聲乃見一青衣女童立導之前曰館娃宮歸路經此聞君志道高閒欲冀少留願從顧盼語訖二女至容質甚異皆如仙者衣紅紫絹縠馨香襲人俱年二十餘導與士烟不覺起拜謂曰

图 3-7 《情史类略》书影

死后,不能忘情世人,必当作佛度世,其佛号当云多情欢喜如来。有人称赞名号、信心奉持,即有无数喜神前后拥护,虽遇仇敌冤家,悉变欢喜,无有嗔恶妒嫉种种恶念。

序文中接着又有以以下诗句开篇的《情偈》:

> 天地若无情,不生一切物。一切物无情,不能环相生。生生而不灭,由情不灭故。四大皆幻设,惟情不虚假。

由此看来,冯梦龙认为"情"是在普遍的人际关系中尽诚意,而并非仅限于男女情爱。然《情史类略》所附一序文云:

> 六经,皆以情教也。《易》尊夫妇,《诗》首《关雎》,《书》序嫔虞之文,《礼》谨聘奔之别,《春秋》于姬姜之际详然言之。岂非以情始于男女,凡民之所必开者,圣人亦因而导之。

在此,"情"专指男女恋情。冯梦龙之《情史类略》,正是一部荟萃关于历代女性以及男女情爱之轶闻雅谈的书籍。

歌颂男性同性恋的《情仙曲》,是这种男女之情、尤其是"真"情之延伸。它对不论是生前还是死后皆对意中人忠贞不渝的王花舍给予了高度评价。

明末时代的文人,往往将少年之爱与异性之爱等而视之。例如张岱的《自为墓志铭》(《琅嬛文集》卷五)就记述了明朝末年,风华正茂的自己过着穷奢极欲的生活,具体而言是:

> 好精舍,好美婢,好娈童,好鲜衣,好美食,好骏马,好华灯,好烟火,好梨园,好鼓吹,好古董,好花鸟,兼以茶淫橘虐,书蠹诗魔。

不难看出,对于感官享乐主义者而言,"娈童"与"美婢"一样,皆是不可或缺之物。

《情史类略》中,卷二十有"情鬼类"条目,收录了纵使已成鬼魂也对自己爱慕之人矢志不渝的女性故事。其中"张云容"条记载了一件唐代旧事。唐元和末年,薛昭遇到自称是杨贵妃侍女的

图 3-8 男性同性恋（明末小说《弁而钗》之《情奇纪》插图。室中二人之居于右侧者，为着女装的男性，其脚很大）

三个女子,并与其中一位名唤张云容者柔情缱绻。薛昭掘地得一棺,棺中人面容鲜洁如生。张云容死而复生,最终与薛昭结为连理。冯梦龙在此"情鬼类"之末尾的评语有云:

> 惟情不然,墓不能封,椟不能固,门户不能隔,世代不能老。鬼尽然耶?情使之耳。人情鬼情相投,而人如狂如梦,不识不知。幸而男如窦玉、女如云容,伉俪相得,风月无恙,此与仙家逍遥奚让?

其所述为人、鬼之交欢。而《情仙曲》则是生时相知相恋的两个人同赴黄泉,在阴曹亦相依相守的一段佳话,可谓是更深彻的真情感天动地之结果。情深如斯,诚不负"情仙"之名。

本章参考文献

冯梦龙《太霞新奏》,《冯梦龙全集》第十五册,上海古籍出版社,1993年。

冯梦龙《情史类略》,《冯梦龙全集》第三十八册,上海古籍出版社,1993年。

张岱《琅嬛文集》,夏咸淳校点《张岱诗文集》所收,上海古籍出版社,1991年。

许地山《扶箕迷信底研究》,商务印书馆,1941年。

周作人《鬼的成长》,《夜读抄》所收,北新书局,1935年。

合山究《明清の文人とオカルト趣味》,荒井健编《中華文人の生活》所收,平凡社,1994年。

志贺市子《近代中国のシャーマニズムと道教》,勉诚出版,1999年。

志贺市子《中国のこっくりさん——扶鸞信仰と華人社会》,大修馆书店,2003年。

可儿弘明《民衆道教の周辺》,风响社,2004年。

第四章　有美一人

——卫泳《悦容编》

中国旧时识文解字、著书立说者，往往多是男性。而支撑着半边天的女性，对男性而言永远是一道难解的谜。正因为她们是谜一样的存在，所以时常触发着文人的好奇心，屡屡出现在文学作品中。明末江南地区的城市，正处于经济高度繁荣时期。出版文化之发达，不过是其显象之一。当时这一地区出现了不少掌握着大量物质财富的人，他们积极主动地向本为士大夫独占的高雅文化圈内融入。于是，一种职业化的文化引领者也应运而生。这些文化引领者，即明末所谓的"山人"。他们出版刊行了许多文人趣味的教科书，苏州人氏卫泳所编《枕中秘》就是此类教科书之一。它是一套分册论述生活美学之丛书，其中包括关于美人之论著——《悦容编》。作为中国的一部专门女性论，其价值自不待赘言。本章拟从《悦容编》中摘选若干条目予以解读。卫泳眼中的女性，其形象究竟如何？

一、中国女性论

在前章解读的冯梦龙《情仙曲》中,王花舍是一个被譬诸为花的美少年。而本章将欣赏一篇关于真正的花——女性的文章。在明末的文人们看来,这朵花具有怎样的风情万千?

毋庸赘言,对女性之关注并非明末特有的文化现象。正如前章引用的冯梦龙之《情史类略序》所述,《诗经》开篇第一首即是《关雎》,"窈窕淑女,君子好逑"之咏叹,道出了理想的女性、理想的男女关系。如此这般,经书、正史以及小说等历代典籍中所见的诸多女性描写,正是清晰地表明了作者(多为男性)所持之女性观。在唐代柳宗元之《河间传》中,原本贤淑贞洁的女子竟变而为沉湎于肉体欲望的荡妇,甚至犯下杀夫之罪行。此正是柳宗元之女性观、人生观的生动体现。

在明末出版文化繁荣的背景下,洋洋大观的书籍被刊行面世。而《艳异编》、《情史类略》等由与女性有关之故事缀集而成的书籍被编纂并出版,这是一个值得注意的文化现象。可见对于当时的文人而言,女性是他们关注的一个重要主题。

在这股时代浪潮中,诞生了几部专门的女性论、美人论著作,它们具有划时代意义。卫泳之《悦容编》为其中尤为夺目的著作之一。独立的女性论、美人论之诞生,可以说是肇端于明末时期。本章将以卫泳《悦容编》为线索,藉此管窥明末文人所持女性观之一斑。

二、作者卫泳

《悦容编》之作者卫泳,字永叔,苏州人。该书收于卫泳天启七年(1627)编纂出版的《枕中秘》丛书中,又收于《绿窗女史》、《快书》、《枕函小史》等书,可见在当时颇受欢迎。卫泳之苏州同乡冯梦龙曾为《枕中秘》作跋。据冯梦龙《枕中秘跋语》,卫家自文节公

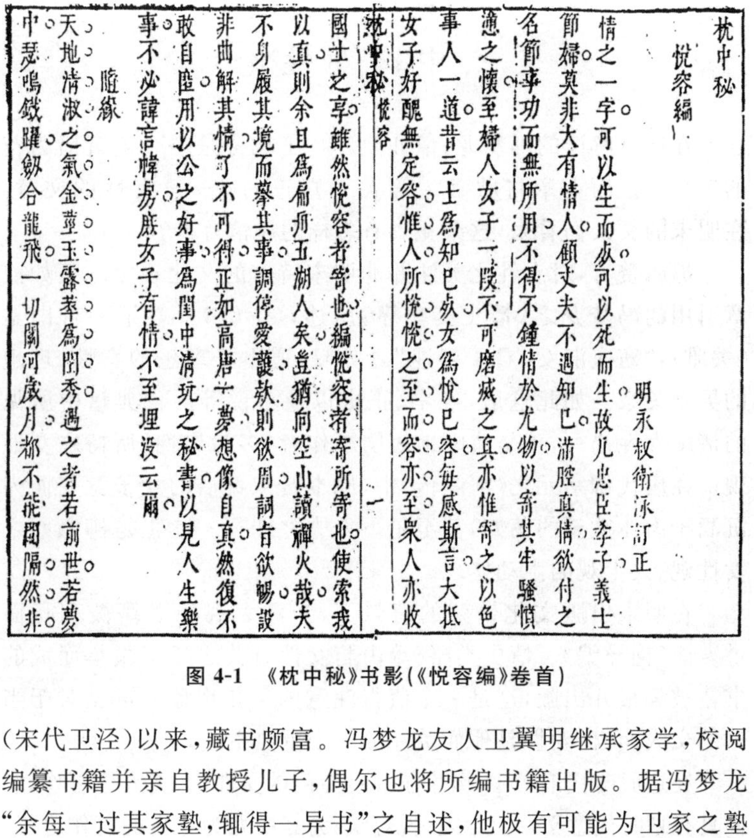

枕中秘
悅容編
明永叔衛泳訂正
情之一字可以生而亦可以死而生故凡忠臣孝子義士
節婦莫非大有情人顧丈夫不遇知己滿腔真情欲付之
名節事功而無所用不得不鍾情於尤物以寄其牢騷憤
懣之懷至婦人女子一段不可磨滅之真亦惟寄之以色
事人一道昔云士爲知己死女爲悅己容每感斯言大抵
女子好醜無定容惟人所悅悅之至而容亦至衆人亦收
枕中秘　悅容　一
國士之亨雖然悅容者寄也編悅容者寄所寄也使索我
以真則余且爲扁舟五湖人矣豈猶向空山讀禪火哉夫
不身履其境而摹其事調停愛護款則欲周詞旨欲暢設
非曲解其情了不可得正如高唐一夢想像自真然復不
敢自座用以公之好事爲閨中清玩之秘書以見人生樂
事不必諱言幃房厎女子有情不至埋沒云爾
隨緣
天地清淑之氣金莖玉露萃爲閨秀遇之者若前世若夢
中琴鳴鐵躍劍合龍飛一切關河歲月都不能間隔然非

图 4-1　《枕中秘》书影(《悦容编》卷首)

(宋代卫泾)以来,藏书颇富。冯梦龙友人卫翼明继承家学,校阅编纂书籍并亲自教授儿子,偶尔也将所编书籍出版。据冯梦龙"余每一过其家塾,辄得一异书"之自述,他极有可能为卫家之塾师(家庭教师)。某日,卫翼明之子卫泳将"逸士之雅谭"编纂成册并示与冯梦龙。冯梦龙在跋文中叹赏曰,此书足以光耀卫家门楣。然而当时卫泳似尚未及弱冠,仅是一个十来岁的小儿。由于明末不少人皆将刊行书籍当作谋取名声之捷径,因此不乏卫翼明将其他人编纂的书籍假托年幼的儿子之名而出版的可能。冯梦龙在跋文末尾云:

> 永叔读尽天下奇书,成一博物君子。勿但以八股拘束,作俗秀才出身也。

据此不难看出卫泳对科场八股文无甚热情。

跋文中提到的卫泳远祖卫泾为南宋人。据光绪《苏州府志》卷九十一"人物十八·昆山"本传,他是一个与主张对金采取强硬路线、大败金军的韩侂胄对立的人物。韩侂胄将朱子学斥为伪学予以弹压,而卫泾将自己赴朱子乡里新安时觅得的《四书集注》刊刻出版。卫氏一族,似自古以来就是一个书香之家。

三、《枕中秘》

收录了《悦容编》的《枕中秘》为"逸士之雅谭、文人之清课",即当时出版的多如牛毛的生活指南或谓文人趣味教科书之一种。它具体由以下著作构成:

> 《闲赏》(卫泳辑)、《二六时令》(张鼐著)、《国士谱》(王路著)、《书宪》(吴从先著)、《读书观》(卫泳抄)、《护书》(卫泳抄)、《悦容编》(卫泳订正)、《胜境》(卫泳订)、《园史》(卫泳摘)、《瓶花史》(袁宏道著)、《盆史》(高濂著)、《茶寮记》(陆树声著)、《酒缘》(吴从先著)、《香禅》(屠隆著)、《棋经》(张拟著)、《诗诀》(卫泳辑)、《书谱》(姜夔著)、《妙绘》(卫泳辑)、《琴旨》(卫泳辑)、《曲调》(叶华著)、《拇阵指南》(袁福征著)、《砭俗支言》(周高起订)。

可见《枕中秘》丛书收录的并非尽是卫泳之个人著作,其中也包含了不少前人著述全篇(例如袁宏道《瓶史》全书)或节录。读书、书画、围棋、琴瑟、美酒、名香等,皆是优雅生活的不可或缺之物。

四、文人趣味教科书

荒井健在《长物志1》(平凡社,1999年)解说中有云:

> 文人这一主体,与构成其日常生活的各种客体(即安身

立命之媒介)之关系如何以及对事物如何评价、如何选择等实践活动自古就有,然而这些实践活动,(一)开始进入主体的意识领域是在宋代,(二)对它们的特别重视——更确切地说是认真研究则是始于明代,若要考察个人生活史,对这一时期不可不予以关注。

大约从宋代开始,文人趣味成为士大夫关注的焦点,亦成为他们身份、地位的象征之一。由此,文化之"雅"的程度越来越高,重质而轻量,并注重那些细节上的无用之处。北宋初期苏易简撰有《文房四谱》五卷,然该书仅限于论笔墨纸砚;而赵希鹄《洞天清录集》将论述范围扩大,可谓是关涉文人生活各个方面之美学的开山著作。《洞天清录集》由"古琴辨"、"古砚辨"、"古钟鼎彝器辨"、"怪石辨"、"研屏辨"、"笔格辨"、"水滴辨"、"古翰墨真迹辨"、"古今石刻辨"、"古画辨"等十门构成,是一部关于文人书斋案头清赏品——古器物之鉴定的书籍。

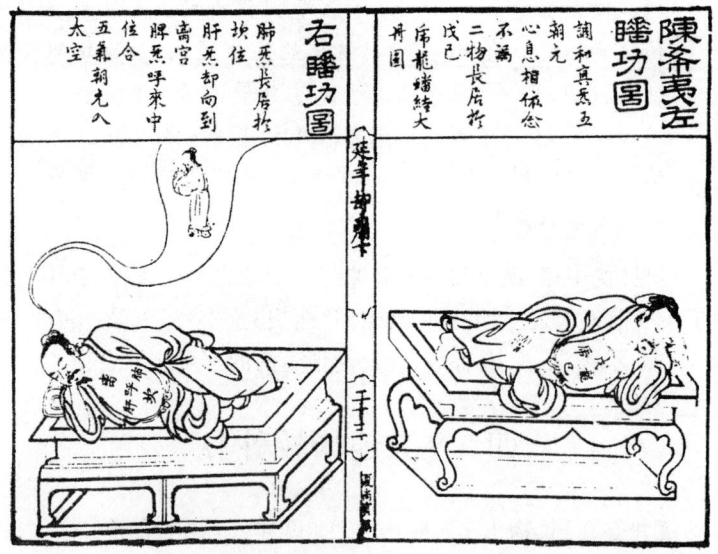

图 4-2 《遵生八笺》插图(《遵生八笺》之《延年却病笺》所见睡眠健康法图)

大约活跃于明末万历初年的高濂,著有《遵生八笺》。该书分为《清修妙论笺》、《四时调摄笺》、《起居安乐笺》、《延年却病笺》、《饮馔服食笺》、《燕闲清赏笺》、《灵秘丹药笺》、《尘外遐举笺》等八个部分。其中《燕闲清赏笺》下又有"论古铜器"、"论画"、"论砚"、"论墨"、"论纸"、"论笔"、"论文房器具"、"论香"、"论琴"等条目,为关于器物之评论;其他例如《四时调摄笺》记述了一年四季各个季节的保健方法,《起居安乐笺》为关于住所及家具之品论,《饮馔服食笺》讲述饮食保健法,《灵秘丹药笺》为关于丹药之心得,《尘

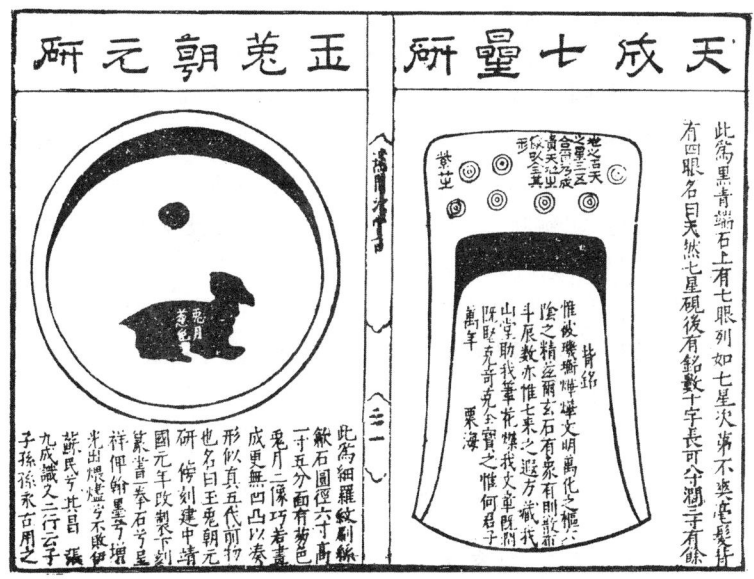

图4-3 《遵生八笺》插图(《遵生八笺》之《燕闲清赏笺》所见砚台图)

外遐举笺》为历代隐者之传记。《遵生八笺》序文云:人生于这个世界,就已经是一件极为难得的事情;因而"遵生"乃人生大事,若"轻生"则会成为天地父母之罪人。出于探索如何才能安乐地度过此宝贵人生之目的,他写作了这本书。无论是古董、文房用具等赏玩之物,还是山林中营建书斋,抑或饮食、服药等保健方法,

如此种种，其终极指向无一不是乐享人生。《洞天清录集》、《清修妙论笺》等这些书名或篇名，皆有一"清"字，蕴含有一定的道教意味，所体现的基本上是道教思想。之前出于对个别领域的关注而编撰的内容被统一集结于《遵生八笺》中，它可谓是一部文人高雅生活之道的全面翔实的教科书。

自《遵生八笺》肇其端，明末的相当一个时期内，此类书籍不断地刊行问世。文征明之孙文震亨所著《长物志》也是其中之一。它分为《室庐》、《花木》、《水石》、《禽鱼》、《几榻》、《器具》、《衣饰》、《舟车》、《位置》、《蔬果》、《香茗》等十二章，试想假如按照它各章节中记述的要领去生活，该是何等惬意和风雅。

周履靖《夷门广牍》同样是一套汇集清兴雅趣之相关书籍的丛书。它收录了《艺苑牍》、《博雅牍》、《尊生牍》、《书法牍》、《画薮牍》、《食品牍》、《娱志牍》、《杂占牍》、《禽兽与草木牍》、《招隐牍》等关于"闲适"、"觞咏"之书籍。从这些类目的设置上，即不难看出它们之间具有某种共通性。

明末时期，诸如此类的文人教科书如雨后春笋，不断涌现出来。本书第二章介绍的陈继儒，就是因为刊刻并销售了大量的此类书籍而声动一时者。

五、《悦容编》之结构

收录了美人论《悦容编》的卫泳之《枕中秘》，亦可被视为明末出版的众多生活美学教科书之一。虽然明末此类文人趣味教科书多如牛毛，但其中涉及女性相关内容的并不多，大概仅李渔《闲情偶寄》以及此《枕中秘》而已。它认为与书画、文房用具并列的人生乐趣之一就是女性。借用前引荒井健的说法，女性完全是"构成日常生活的诸多客体"之一，是"安身立命之媒介"。

《枕中秘》开头附有卫泳自己所撰之《刻枕中秘叙语》，叙述了收录各种书籍之缘由。关于《悦容编》，他的说法是：

《鲁论》贤贤,等于好色;《国风》慕圣,托之美人。我辈钟情,恒必由读书得力;天生丽质,自应与文士作缘。刻《悦容编》第七。

他说在《论语》中,孔夫子将尊贤譬诸好色;《诗经·国风》中,将圣人比作美人的,如《邶风·简兮》之"云谁之思,西方美人",郑玄解释曰"思周室之贤者"。天生丽质的美人与文士殆有前缘,文人们在读书过程中常常生发出对女子的爱慕之情。品读爱情小说,不知不觉间胸中已有盈盈爱意。

《悦容编》由以下条目构成:

《随缘》、《葺居》、《缘饰》、《选侍》、《雅供》、《博古》、《寻真》、《及时》、《晤对》、《钟情》、《借资》、《招隐》、《达观》。

在各条目末尾,皆附有评语。

从这些条目来看,例如"葺居"讲述美人居所,"雅供"讲述美人居室之摆设器具。《枕中秘》丛书中,将美人置于与居所、器具及其他项目并列的位置上;而专论美人的《悦容编》中又有关于居所、器具等条目。这是一个宇宙之一部分中又有一个小宇宙的套叠式结构。

六、《悦容编》序

以下将从《悦容编》中选取数段予以解读。首先是开篇的《悦容编》之序:

情之一字,可以生而死,可以死而生。故凡忠臣孝子、义士节妇,莫非大有情人。顾丈夫不遇知己,满腔真情,欲付之名节事功而无所用,不得不钟情于尤物,以寄其牢骚愤懑之怀。至妇人女子,一段不可磨灭之真,亦惟寄之以色事人一道。昔云:士为知己死,女为悦己容。每感斯言。大抵女子好丑无定容,惟人取悦。悦之至而容亦至,众人亦收国士之享。

注释：

○钟情：典出《世说新语·伤逝》，据载王戎丧子后，尝曰"圣人忘情，最下不及情。情之所钟，正在我辈"。后多用以指男女爱情。

○尤物：指美女。《春秋左氏传·昭公二十八年》："夫有尤物，足以移人。"

○磨灭：司马迁《报任少卿书》："古者富贵而名磨灭，不可胜记。"

○士为知己死，女为悦己容：语出司马迁《报任少卿书》。

○众人、国士：指普通的芸芸众生与卓绝颖异之人。语出《战国策·赵策》。

序言中的这一段首先点明了题名"悦容"二字之出处——司马迁《报任少卿书》："士为知己者死，女为悦己者容。"篇首之"情之一字，可以生而死，可以死而生"一语，与前章引用的冯梦龙《情仙曲》所云颇为神似。此或皆本自汤显祖《牡丹亭》中"情不知所起，一往而深。生者可以死，死者可以生。生而不可以死，死而不可复生者，皆非情之至也"的"至情"理念。

此外，该段围绕"寄"展开了论述。"寄"，换言之，即依托于可凭靠之处或堪发泄之物。男子倘若不遇知己（即理解自己之才能并予以提携者），这种怀才不遇之恨假美人而得以消解。此是从男性的角度而言。另一方面就女性来说，托身于自己钟情之男子，方可实现生命之价值。因此，女性之美并无一定的客观标准，只要有人深爱她，她就是最美的美人。

虽然，悦容者寄也；编《悦容》者，寄所寄也。使索我以真，则余且为扁舟五湖人矣，岂犹向空山读禅火哉？夫不身履其境而摹其事，调停爱护，款则欲周，词旨欲畅，设非曲解其情，了不可得。正如高唐一梦，想象自真。然复不敢自匿，用以公之好事，为闺中清玩之秘书，以见人生乐事，不必讳言帷房，庶女子有情，不致埋没云尔。

注释：

○扁舟五湖人：春秋时代，越王勾践听从范蠡之计策，将美女西施献于劲敌吴王夫差。夫差果然沉迷于西施的美色，吴终为越所灭。《越绝书》记载，吴国灭亡后，西施复归范蠡，"泛五湖而去"。"五湖"为太湖或太湖及其周边之湖。此处作者意为与美女一起隐居遁世。

○向空山读禅火：佛家认为"色界天"有四禅——初禅，二禅，三禅，四禅。其中"初禅"的境界最低，会被"火"（欲望）破坏，《瑜珈师地论略纂》："灾顶之中，初禅横量大小，犹如欲界，既同一火。"《大智度论》："初禅火所烧，二禅水所及，三禅风所至，四禅无此三患。"此处或指一种世俗化的在家修行。

○高唐一梦：宋玉《高唐赋》云楚襄王曾梦见巫山神女，两人同衾共枕。

"悦容者寄也；编《悦容》者，寄所寄也"——男子"悦容"即喜好美女，是为了排遣忧怀；《悦容编》之编撰意图，为"寄（他人之）所寄"。此句以下作者表达了一种自谦：他对女性世界毫无经验，无法细解其情，更遑论形诸言语；虽然如此，他未必不能将女性相关细故缀为书籍，使女子之形貌情意不致于湮没无闻。这几句说明了《悦容编》之编撰动机。此外，唯恐闺阁芳名不传而起执笔之念的类似表述，亦可见于冒襄《影梅庵忆语》以及《红楼梦》等作品之开篇。它们具有某种共通性。

七、因缘际会（《随缘》）

天地清淑之气、金茎玉露，萃为闺秀。遇之者若前世、若梦中，瑟鸣铁跃、剑合龙飞，一切关河岁月，都不能间隔。然非奇缘不遇，必欲得此丽容，而后加意，是犹谓秦汉以后无文、唐以后无诗也。要以随其所遇，近而取之，则有其乐而无其累。

注释:

○天地清淑之气、金茎玉露,萃为闺秀:金茎本是汉代为承仙露而建的铜柱,此处金茎玉露指天地精华。唐宋以前"清"基本指男性的美质,明清文人则普遍认为这种美质乃女性所具有。后来"清"也常被说成是天地灵秀之气。如赵世杰《古今女史序》:"海内灵秀,或不钟男子而钟女人。"邹漪《红蕉集序》:"乾坤清淑之气不钟男子,而钟妇人。"(参孙康宜《明清文人的经典论和女性观》,《江西社会科学》2004年第2期)

○瑟鸣铁跃、剑合龙飞:铁指铁制拨子(铁拨)。剑合(剑合还珠)指别后重逢。龙飞即龙飞凤舞,得意貌。此二句皆指男女邂逅时情投意合之状。

○秦汉以后无文、唐以后无诗:明代复古派李梦阳倡"文必秦汉、诗必盛唐"之口号。这种复古思潮虽在明代文坛风靡一时,但至明末已然响起对它的批判否定之声。此处卫泳引用这句话,就是将它作为反面材料而使用的。

该段论述与女子之相遇相识以及意中人之选择。概言之,对茫茫人海中相逢相识之缘应倍加珍惜。倘若非要觅绝世美女而后爱之,那么终究会有空花幻影之叹。"情人眼里出西施"这句俗语直截了当地道出了无论哪一个女子皆有自身可爱之处,男子要以慧眼去发现她们的点滴之美。有缘千里来相会、无缘对面不识君,际会之因缘全凭天赐,可遇而不可求。若对于身边尤物始终固执于自己的既定标准而视若无睹,就好比是复古派"文必秦汉、诗必盛唐"之主张,冥顽不化。这个譬喻可谓意味深长。秦汉以后之文、盛唐以降之诗中亦不乏佳作名篇,因拘泥于秦汉、盛唐之标准而将它们一概予以贬斥,并非明智之举。明代末期,文坛刮起了反对复古派之风,卫泳此语正是这阵风潮的鲜明生动的反映。

如面皆芙蓉,何必文君;眉皆远山,何必合德;口皆樱桃,何必樊素;腰皆杨柳,何必小蛮;足皆金莲,何必潘妃。歌即念奴,笑即褒姒,颦即西子,点额即寿阳。肥者不失为阿环,瘦者不失为飞燕,奇丑者不失为无盐。当其怨,出塞之明妃也;当其恨,长门之阿娇也;当其云雨,巫山之神女也。他如稍识数字,堪充柳絮高才;略减妒心,已有小星遗意。无才便为德、大贞出于淫,皆当弃短取长,安知不买骨致马,而天龙降于好画者哉?

闺阁之事古来不废,则知婚姻非假。第缘自为之合,非可强为,则虽人而实天也。"随"之一字,大有理解。

注释:

○面皆芙蓉,何必文君:文君即卓文君。《西京杂记》:"文君姣好,眉色如望远山,脸际常若芙蓉。"

○眉皆远山,何必合德:合德为汉代赵飞燕之妹。《赵飞燕外传》:"(合德)为薄眉,号远山黛。"

○口皆樱桃,何必樊素;腰皆杨柳,何必小蛮:孟棨《本事诗·事感》:"白尚书姬人樊素善歌,妓人小蛮善舞。尝为诗曰,樱桃樊素口,杨柳小蛮腰。"

○足皆金莲,何必潘妃:潘妃为南朝齐东昏侯之妃。据《南史》卷五"废帝东昏侯"条记载,东昏侯以黄金作莲花铺于地,使潘妃步于其上,为之赋诗云"步步生莲华"。潘妃可谓妇女缠足之始祖。

图4-4 赵合德(据《百美新咏》)

○歌即念奴:念奴为唐代著名歌妓,歌喉动人。其名见于元稹《连昌宫词》,元稹自注云:"念奴,天宝中名倡,善歌。"

图 4-5 樊素（据《百美新咏》）

图 4-6 小蛮（据《百美新咏》）

图 4-7 潘妃（据《百美新咏》）

图 4-8 褒姒（据《百美新咏》）

○笑即褒姒：褒姒为西周幽王之后。她平素难得展露笑颜，唯看到因见战争烽火而火速前来的诸侯惶惶之状，方始一粲。为博美人一笑,幽王曾数度烽火戏诸侯。而后来真的敌军压境时,诸侯无一前来支援,西周王朝灭亡。事见《史记·周本纪》。

○颦即西子:西施因胸痛而捧心皱眉,邻家丑女见之而效仿。事见《庄子·天运》。

○点额即寿阳:南朝宋武帝之女寿阳公主,于人日卧于含章殿轩下,梅花飘落于其额上,自此遂有梅花妆,又名"寿阳妆"。事见《太平御览》卷九七○引《宋书》。

图 4-9　寿阳公主(据《百美新咏》)　　图 4-10　赵飞燕(据《百美新咏》)

○肥者不失为阿环:阿环即杨贵妃。杨贵妃曾出家为女道士。《旧唐书·杨贵妃传》中有"太真姿质丰艳"之语。

○瘦者不失为飞燕:飞燕即赵飞燕,身轻善舞。

○奇丑不失为无盐:无盐为战国时代齐宣王之正后钟离春。她是无盐人氏,故称无盐女,容貌奇丑。事见《列女传》。

○出塞之明妃:指王昭君。汉元帝时代,她远嫁匈奴呼韩邪单于。

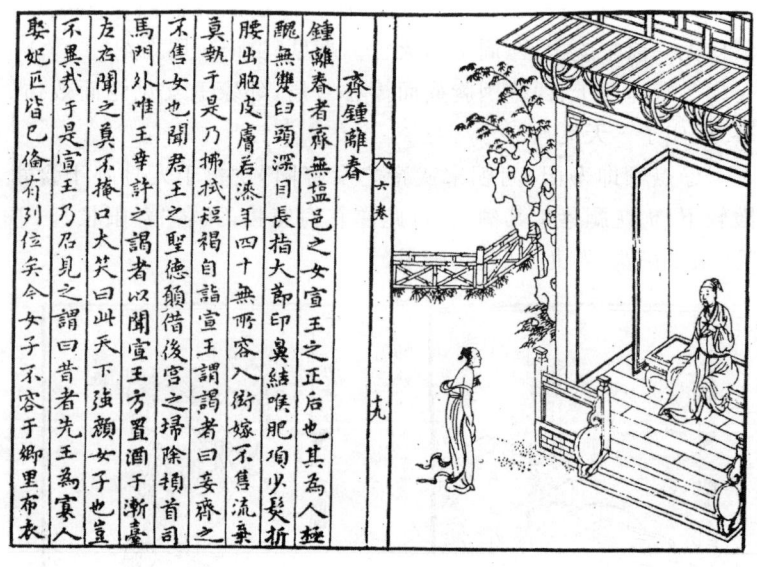

图 4-11 无盐女(据《古列女传》)

○长门之阿娇：长门为汉代宫殿名。阿娇为陈皇后之名。她遭汉武帝之冷落，幽居于长门宫，孤影自怜，以千金重价令司马相如为她作《长门赋》以换回汉武帝的宠幸。后人作有《长门怨》乐府。

○巫山之神女：宋玉《高唐赋》所写之神女。

○柳絮高才：据《世说新语·言语》载，晋谢安见雪花飘落，问"白雪纷纷何所似"，其兄谢奕之女谢道蕴对以"未若柳絮因风起"。指女子之才能。

○小星遗意：《诗经·召南·小星》序云："小星，惠及下也。夫人无妒忌之行，惠及贱妾。"

○买骨致马：燕昭王广纳贤才之际，郭隗毛遂自荐，欲昭王予以重用。昭王问其因，郭隗以求购骏马为喻，云倘若以五百金购骏马之遗骸，那么世人会以为活的骏马售价将更高，如此携骏马前来售卖者自然会络绎不绝。事见《战国策·燕策》。

○天龙降于好画者:据《新序·杂事五》记载,叶公子高好龙,于家中遍绘龙图,天龙闻之,自天而降。

此段列举了中国具有代表性的美女。的确如樊素之樱桃小口、小蛮之杨柳细腰,任何一个美女皆有自身特别之美点,但将众美集于一身者是不存在的。只要身上有一个美点,那么就与青史留名的美女无异。正因如此,所以要倍加珍惜邂逅之缘。

八、起居之所(《葺居》)

美人所居,如种花之槛、插枝之瓶。沈香亭北、百宝栏中,自是天葩故居。儒生寒士,纵无金屋以贮,亦须为美人营一靓妆地。或高楼,或曲房,或别馆村庄,清楚一室,屏去一切俗物,中置精雅器具,及与闺房相宜书画。室外须有曲栏纤径,名花掩映,如无隙地。盆盎景玩,断不可少。盖美人是花真身;花是美人小影。解语索笑,情致两饶。不惟供目,且以助妆。

修洁便是胜场。繁华当属后乘。

注释:

○沈香亭:唐代宫中一亭名。据《杨太真外传》载,玄宗皇帝曾在兴庆宫之东沈香亭畔植牡丹,与杨贵妃一同观赏,欲以新声助兴,遂命李白作诗。李白所作为《清平调词》,其三有句云"解释春风无限恨,沈香亭北倚阑干"。

○百宝栏:《开元天宝遗事》之"百宝栏"条载,杨国忠将宠爱杨贵妃的玄宗皇帝所赐之数株木芍药,以百宝饰于花栅。此亦是一则与杨贵妃有关的花的故事。

○天葩:指非凡而高贵的花。韩愈《醉赠张秘书》:"东野动惊俗,天葩吐奇芬。"

○金屋:据《汉武故事》载,汉武帝年幼时,曾云将来要娶阿娇为妻,并藏诸金屋中。阿娇即后来的陈皇后。

○靓妆:美丽的妆扮。司马相如《上林赋》(《文选》卷八)有"靓妆刻饰"一语,其注云:"靓妆,粉白黛黑也。"

○解语:《开元天宝遗事》之"解语花"条载玄宗皇帝见太液池之白莲花盛开,指杨贵妃示左右云"争如我解语花"。

○索笑:杜甫《舍弟观赴蓝田取妻子到江陵喜寄三首》有"巡檐索共梅花笑"之句,指梅花或杜甫之妻。后用以泛指花或美女。

○助妆:高濂《遵生八笺·起居安乐笺》之"高子拟花荣辱评"条中,历数春花之种种好处,其第二十一项即为"美人助妆"。

该条叙述了美人所居之空间,主张去"俗"而务"精雅"。评语又云摒"繁华"而慕"修洁"。此皆体现了重质轻量、崇尚雅致的思想。花即美人、美人即花一语颇为引人注目。清初张潮《幽梦影》中有云:

蝶为才子化身,花是美人别号。

九、学问才识(《博古》)

女人识字,便有一种儒风。故阅传奇、观图书,是闺中学识。如大士像是女中佛,何仙姑像是女中仙,木兰红拂女中之侠,以至举案、提瓮、截发、丸熊诸美女遗照,皆女中模范,闺阁宜悬。且使女郎持戒珠、执麈尾,作礼其下,或相与参禅唱偈、说仙谈侠,真可改观凰意、涤除尘俗。如宫闱传、烈女传、诸家外传、西厢、玉茗堂还魂二梦、雕虫馆弹词六种,以备谈述歌咏。间有不能识字,暇中聊为陈设,共话古今,奇胜红粉,自有知音。

白首相看不下堂者,必不识一丁。博古者未必占便宜。然女校书最堪供役。

注释:

○大士:大士一般为菩萨之通称,此处特指观音菩萨。观音菩萨现女身,同时尤为女性所尊崇。

图 4-12 观音(据《三才图会》)

○何仙姑:八仙之一。她是八仙中唯一的女性,是一个未婚少女。

○木兰红拂:木兰为北朝乐府《木兰诗》之主人公。她易男装,替父从军。红拂为唐代传奇《虬髯客传》中的人物。隋末杨素侍女张出尘(持红色拂子),对前来拜谒杨素的李靖一见钟情,夜奔李靖宅。

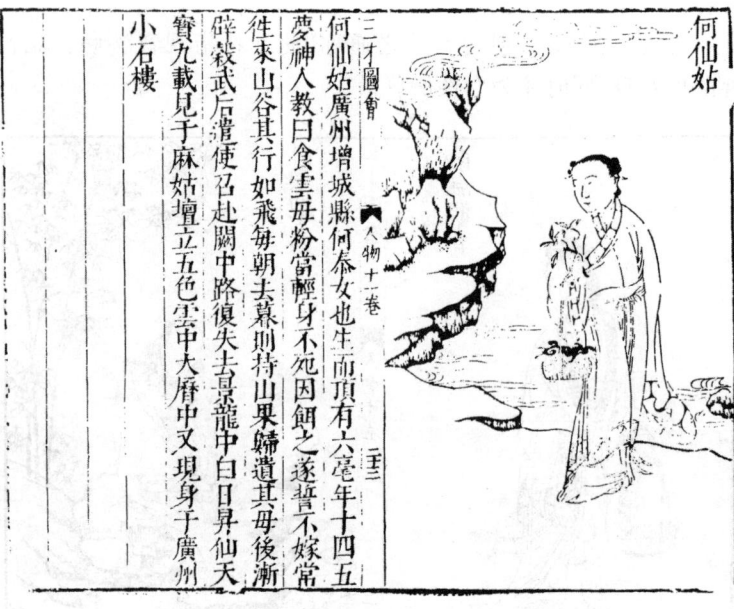

图 4-13 何仙姑（据《三才图会》）

图 4-14 木兰（据《百美新咏》）

图 4-15 红拂（据《百美新咏》）

○举案：典出《后汉书·逸民传》中所载梁鸿之妻的故事。梁鸿妻在侍奉饮食之际，必将盘案举至齐眉高。指夫妇互敬互爱。

图 4-16　梁鸿之妻（据《古今列女传评林》）

○提瓮：指《后汉书·列女传》中所载鲍宣之妻的故事。鲍宣岳父在女儿婚礼之际，赠以豪华嫁妆，鲍宣却并不为之欢喜。婚后其妻着粗布衣衫，拜毕高堂即提瓮外出汲水。

○截发：即截发留宾，指《世说新语·贤媛》中所载陶侃之母湛氏的故事。湛氏剪发出卖，以此来招待前来拜访陶侃的宾客。

○丸熊：指《新唐书·柳仲郢传》中所载柳母韩氏的故事。韩氏教子有方，每夜给勤勉好学的柳仲郢饮熊胆提神，助他学习。

○邑意：邑同畅，愉悦舒畅意。

○玉茗堂还魂二梦：指明末汤显祖所作戏曲《牡丹亭还魂记》和《南柯记》、《邯郸记》。它们皆以"梦"为主题。一般多将这三部作品与汤显祖早年所作《紫钗记》并称为"玉茗堂四梦"。而在明末吕天成《曲品》中,也可见"还魂、二梦"之说。

○雕虫馆弹词:"雕虫馆"为编纂刊行《元曲选》的臧懋循之斋号。臧懋循《负苞堂文选》卷三《弹词小序》中云他曾刻无名氏《仙游》、《梦游》二弹词,此外还提及他未尝得到的《侠游》、《冥游》二弹词。

○白首相看不下堂:指夫妇白头偕老。《元诗选》初集、壬集收录的郑允端之《吴人嫁人辞》中有"不如嫁与田舍郎,白首相看不下堂"之语。"不下堂"语出《后汉书·宋弘传》:"糟糠之妻不下堂。"

○女校书:唐代名妓薛涛被称作女校书,后世遂以此称呼代指妓女。

图4-17 陈圆圆(明末清初名妓陈圆圆读书之情态。据《秦淮八艳图咏》)

图4-18 卞赛(明末清初名妓卞赛持拂子的女道士装束,其道号为玉京道人。据《秦淮八艳图咏》)

此段论述了女性之学问与读书,认为女子闺阁中宜悬堪称古今模范的女性画像以思追步之;此外,闺中还应备《西厢记》、《牡丹亭》等,闲暇时诵读。概言之,女子要以典籍中记载的古今优秀女性为模范,见贤而思齐。此处所举典籍并非"四书五经",而是那些适合于女性阅读的书籍,这一点是很值得玩味的。

评语云理想的伴侣应是女校书(妓女),此语或道出了卫泳的真实心声。实际上,在明末江南地区,妓女就作为一个特殊的群体而存在。从明末南京秦淮妓女之传记——余怀《板桥杂记》等来看,当时的一流妓女,不少皆善书画、工诗词。由此可见,客人对她们的要求是相当高的。不妨看《板桥杂记》卷中记载的李十娘的故事:

> 性嗜洁,能鼓琴清歌。略涉文墨,爱文人才士。所居曲房密室,帷帐尊彝楚楚有致。中构长轩,轩左种老梅一树,花时香雪霏拂几榻。轩右种梧桐二株、巨竹十数竿,晨夕洗桐拭竹,翠色可餐。入其室者,疑非尘境。

李十娘学问富赡、才艺非凡,居于芳菲盈室的闺阁中。该条正与《悦容编》记述的女性之理想居所、女性应具备之学问是表里一体的。最最符合卫泳笔下理想女性之条件的,确实非妓女莫属。

十、神态情趣(《寻真》)

美人有态,有神,有趣,有情,有心。唇檀烘日、媚体迎风,喜之态;星眼微瞋、柳眉重晕,怒之态;梨花带雨、蝉露秋枝,泣之态;鬓云乱洒、胸雪横舒,睡之态;金针倒拈、绣榻斜倚,懒之态;长颦减翠、瘦靥消红,病之态。惜花爱月为芳情,倚阑踏径为闲情,小窗凝坐为幽情,含娇细语为柔情,无明无夜、乍笑乍啼为痴情。镜里容、月下影、隔帘形,空趣也;灯前目、被底足、帐中音,逸趣也;酒微醺、妆半卸、睡初回,别趣也;风流汗、相思泪、云雨梦,奇趣也。神丽如花艳,神爽如秋月,神清如玉壶冰,神困顿如软玉,神飘荡轻扬如茶香、如烟缕,乍散乍收。数者皆美人真境。

注释:

○梨花带雨:白居易《长恨歌》:"玉容寂寞泪阑干,梨花一枝春带雨。"

○蝉露秋枝:王勃《钱韦兵曹》:"鹰风凋晚叶,蝉露泣秋枝。"

○金针倒拈:孙夫人《南乡子》:"闲把绣丝拎,认得金针又倒拈。"(《类编草堂诗余》卷一)

○长颦减翠、瘦靥消红:殆本自萧纲《妾薄命篇》:"玉貌歇红脸,长颦串翠眉。"

○玉壶冰:王昌龄《芙蓉楼送辛渐》:"洛阳亲友如相问,一片冰心在玉壶。"

○轻扬如茶香、如烟缕:杜牧《题禅院》:"今日鬓丝禅榻畔,茶烟轻扬落花风。"

该段论述了美人之"态"、"情"、"趣"、"神":态有"喜态"、"怒态"、"泣态"、"睡态"、"懒态"、"病态",情分"芳情"、"闲情"、"幽情"、"柔情"、"痴情",趣有"空趣"、"逸趣"、"别趣"、"奇趣",神分"丽"、"爽"、"清"、"困"、"飘荡轻扬"。通过这些描写,女性之形象已跃然纸上。作者对女性之观察,可谓细致入微。

然得神为上,得趣次之,得态得情又次之。至于得心,难言也。姑苏台半生贴肉,不及若耶溪头之一面;紫台宫十年虚度,那堪塞外琵琶之一声。故有终身不得而反得之一语,历年不得而反得之邂逅。厮守追欢浑闲事,而一朝隔别,万里系心。千般爱护,万种殷勤,了不动念;而一番怨恨,相思千古。或苦恋不得,无心得之;或现前不得,死后得之。故曰,九死易,寸心难。

注释:

○若耶溪:西施在若耶溪浣纱之际而与范蠡邂逅。该段之"姑苏台半生"云云指吴王夫差之事。荒淫无度的吴王夫差,对西施一见钟情,以至于亡国。

〇紫台宫：指王昭君的故事。江淹《恨赋》(《文选》卷十六)："若夫明妃去时，仰天太息。紫台稍远，关山无极。"关于"塞外琵琶"，《宋书·乐志》载汉代乌孙公主远嫁西域时，为慰解悲愁而创琵琶。

图4-19 西施（据《百美新咏》）

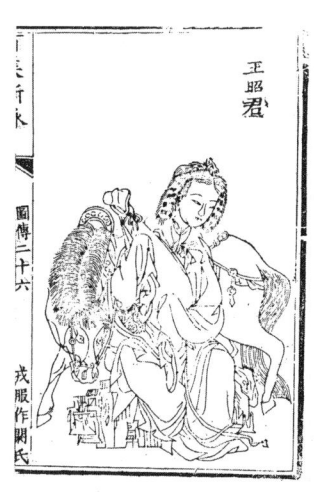

图4-20 王昭君（据《百美新咏》）

〇九死易，寸心难：出典未详，俟方家示教。

该段承上文美人之"态"、"情"、"趣"、"神"，论述了"心"乃最重要之物。"态"、"情"、"趣"、"神"皆为从男性立场所见女性之形象，此处所论之"心"为女性是否果真心许于男子。心之幽隐，实一言难尽，何时何地与何人相遇而谱出恋曲，完全渺然不可知。或许正因如此，与意中人之邂逅正可谓是法国作家司汤达所谓的"晴天霹雳"吧。

十一、李渔之美人论

以上从卫泳《悦容编》中选取数段进行了解读。女性论在某种意义上来说是一个十分有意思的课题,要从《悦容编》中归纳出明末对女性的一般看法亦并非易事。不妨再看看当时女性在其他文人眼中所映现之影像。接下来要读的是李渔的《闲情偶记》。

《闲情偶记》同样是一部文人趣味的教科书,由《词曲部》、《演习部》、《声容部》、《居室部》、《器玩部》、《饮馔部》、《种植部》、《颐养部》等各编构成。女性论存于《声容部》中。《声容部》分为"选姿第一"、"修容第二"、"治服第三"、"习技第四"诸节。"选姿"一节具体记述了女性的肌肤、眉眼、手足、神态等,例如关于女子之眼目,李渔有如下论述:

> 面为一身之主,目又为一面之主。相人必先相面,人尽知之。相面必先相目,人亦尽知而未必尽穷其术。吾谓相人之法,必先相心。心得而后观其形体。形态维何?眉发口齿、耳鼻手足之类是也。心在腹中,何由得见?曰,有目在,无忧也。察心之邪正,莫妙于观眸子。子舆氏笔之于书,业开风鉴之祖,予无事赘陈其说。但言情性之刚柔、心思之愚慧,四者非他,即异日司花执爨之分途、而狮吼堂与温柔乡接壤之地也。目细而长者,秉性必柔;目粗而大者,居心必悍。目善动而黑白分明者,心多聪慧;目常定而白多黑少或白少黑多者,必近愚蒙。

注释:

○子舆氏:子舆为孟子之字。《孟子·离娄上》:"孟子曰,存乎人者莫良于眸子。眸子不能掩其恶,胸中正则眸子瞭焉,胸中不正则眸子眊焉。听其言也,观其眸子,人焉廋哉。"

○司花执爨:司花女为掌管百花的神女,其名本自隋炀帝令宠爱的袁宝儿持花,呼之曰"司花女"一事。相关记载见唐颜师古《隋遗录》卷上。爨即炉灶,执爨指烹饪。《诗经·小雅·楚茨》:"执爨踖踖,为俎孔硕,或燔或炙。"

○狮吼:指悍妻之怒骂声。苏轼《寄吴德仁兼简陈季常》诗中将陈季常之妻凶悍的声音称作"狮子吼"。亦作"河东狮吼"。

○温柔乡：据《赵飞燕外传》载，汉成帝与赵飞燕之妹赵合德共眠一夜后，称之曰"温柔乡"。

　　李渔站在与前文卫泳"情人眼里出西施"之观点相反的立场上进行了非常详细的论述。《闲情偶寄》虽然也可被视作美人论，但它实际上是一部专论戏曲女伶的著作。李渔拥有自己的戏班，让他们到各地巡回演出。因此女伶与李渔的商业演出以及生计直接相关。总之，这些女性论著作之诞生，有着各自形形色色的具体背景。

　　在《闲情偶寄》之女性论中，眼睛是评价美人的重要标准，以细长者为最上，粗大者并不佳。的确诸如前揭《西厢记》之崔莺莺等画像中，美人眼睛皆被绘成细长状。可见当时这些典型的美人图之绘画笔法，与李渔此说颇为一致。然而，就女性之眼睛而言，此与当今日本的审美标准或许有所出入。对美人的评价标准，因时因地而呈现出千绪万端。

本章参考文献

卫泳《枕中秘》，《四库全书存目丛书》子部一五二，齐鲁书社，1995年。

李渔《闲情偶寄》，江巨荣、卢寿荣校注，上海古籍出版社，2000年。

高濂《遵生八笺》，巴蜀书社，1988年。

文震亨《长物志》，陈植校注、杨伯超校订，江苏科学技术出版社，1984年。

余怀《板桥杂记》，上海古籍出版社，2000年。

大木康《风月秦淮——中国游里空间》，辛如意译，联经出版事业股份有限公司，2007年。

大木康《明末江南的出版文化》，周保雄译，上海古籍出版社，2014年。

第五章 薄命才女

——陈维崧《吴姬扣扣小传》

明清鼎革之初，怀旧风潮在文坛蔓延流溢。如果以文字来丑化攻击清王朝，那么毫无疑问会有性命之虞。于是，当时的文人不约而同地将笔墨转向对已故明王朝盛时之回忆，在回忆中重温那段繁华与绚烂。记述南京秦淮花街柳巷之妖娆风情的余怀《板桥杂记》，正是反映这一思潮的典型作品。《板桥杂记》中记述的那些名妓，在某种意义上可谓是已逝明王朝之象征。江南文人冒襄《影梅庵忆语》是一部追忆红颜薄命的爱妾董小宛之回想录，字里行间同样弥漫着那个时代的浓重怀旧气息。本章将要解读的，是冒襄的另一爱妾吴扣扣香消玉殒后，他嘱托友人陈维崧为其所撰之传记。在这篇传记中，冒襄一往情深地诉说着对她的无限思恋。

一、"风流遗民"冒襄

明末清初的江南地区活跃着一大群文人,冒襄就是其中之一。他生于明万历三十九年(1611),清康熙三十二年(1693)卒,与方以智、陈贞慧、侯方域并称为"明末四公子"。由"公子"这种称呼,可知他们皆生于名门世家。据韩菼所撰冒襄墓志铭《潜孝先生冒征君襄墓志铭》(收于《有怀堂文稿》卷十六,《碑传集》卷一二六"逸民下之下"亦收),如皋冒氏始祖冒致中为元代时两淮盐运司丞,其后世进士辈出。冒襄祖父冒梦龄以贡生身份出任南宁知州,父亲冒起宗则为崇祯元年(1628)进士。

冒襄之毕生行履,屡屡与南京有缘。扬州府如皋县在当时属南直隶,其应科举乡试者自然必须赴南京。与南京夫子庙并立的是江南贡院,而贡院对面隔着秦淮河水,就是大规模的风月场所——旧院。此秦淮河一带正是当时文人雅士云集之处,亦是冒襄的重要活动舞台。他在崇祯九年(1636)二十六岁时,召集在明末天启年间为权倾一时的宦官魏忠贤杀害的"六君子"之遗孤,于秦淮举行了一次盛大的宴会。冒襄在当时还只是一位名不见经

图 5-1　冒襄

传的科举考生,却能够举办如此盛大的集会,由此不难看出他必定在秦淮的风月世界游刃有余。

据有些史料记载,在此次宴会上,魏忠贤的党羽——阮大铖之家班艺人上演了《燕子笺》。冒襄一方面对阮家伶人的演技赞不绝口,另一方面又无所顾忌地怒叱阮大铖。

在冒襄召集为魏忠贤所杀的东林派遗孤三年后的乡试之年即崇祯十二年(1639),南京的复社成员联名发表了弹劾阮大铖的《留都防乱公揭》。在其一百四十人的署名中,亦可见到陈贞慧、黄宗羲等人以及冒襄的名字。冒襄不仅积极地参与政治活动,在当时的江南文坛也是一位风云人物。崇祯十三年(1640),扬州郑元勋(本书第二章所提及的《文娱》之编者)宅邸——影园里盛开了一枝罕见的黄牡丹。冒襄因主办了一场咏黄牡丹的诗会而声名鹊起。此次黄牡丹诗会,冒襄所邀裁判为当时的文坛泰斗钱谦益。

崇祯十七年(1644)冒襄三十四岁时,明王朝灭亡。清军南下之际,他四下流离,并数度遭遇险境,可谓九死一生。入清后,他始终未尝出仕清政权(他未应清朝科举),以明朝"遗民"身份度过了余生。他如皋府宅内的庭园水绘园,因有被誉为"有清一代诗歌正宗"的王渔洋等文人墨客的来访而声动遐迩。

虽然冒襄因为年轻时代在南京的活动、后半生以水绘园为舞台的交游以及腹中诗书文才而有些小名声,但他终生未尝科举及第、未居高官要职之位,作为诗人也并不在超一流之列——在某种意义上来说,冒襄不过是明末清初江南地区一个极普通的文人。而他在今日之所以为我们所熟知,或许正如韩菼《潜孝先生冒征君襄墓志铭》所云是因其"风流",即与不少女子的香艳韵事:

  盖自先生殁,而东南故老之风流余韵,于是乎歇绝矣。

若论其作品,冒襄则以他为英年早逝的爱妾董小宛所作的回忆录《影梅庵忆语》而广为人知。

二、《影梅庵忆语》

董小宛本是南京秦淮和苏州半塘的青楼女子。据《影梅庵忆

图 5-2 明末时的南京秦淮(以秦淮河为中心,可以见到夫子庙、贡院以及青楼。据《金陵图咏》)

图 5-3 《燕子笺》插图(阮大铖虽为复社人士所忌,然作为戏曲作家相当知名,此外他还拥有自己的戏班)

语》的记载,冒襄最初从"四公子"之一的方以智口中听闻董小宛芳名。崇祯十二年(1639)春,冒襄与她初次晤面后,一时竟无缘再见。三年后因偶然的机缘,冒襄在苏州得以与董小宛再会。此时董小宛决意生死相从,冒襄从苏州归如皋故里,董小宛一直侍于其左右。自觅夫婿并主动追随而去,在当时殆唯妓女方有如此行为。虽然由于周围友人的规劝,董小宛最终未随冒襄至如皋而返回了苏州,但或许因为她被名门公子冒襄擅自带出远行,所以其身价越来越高。倾力助她脱离妓籍的,正是前文提到的冒襄所邀黄牡丹诗会之裁判钱谦益。钱谦益驰书门生故旧,嘱托他们助董小宛偿清债务及处理其他事宜,并将她送至如皋冒家。在这样的一波三折下,董小宛终成为冒襄姬妾。在《影梅庵忆语》中,对董小宛嫁入冒家后流露的性情人品、趣味才艺以及明末清初混乱期她的任劳任怨、在家中的谦卑恭顺、冒襄重病时她衣不解带地悉心照护等等回忆作了详细的记述。《影梅庵忆语》分为《纪遇》、《纪游》、《纪静敏》、《纪恭俭》、《纪诗史书画》、《纪茗香花月》、《纪饮食》、《纪同难》、《纪侍药》、《纪谶》等章段,其中《纪诗史书画》、《纪茗香花月》、《纪饮食》等章段,细致记述了她的学识才艺以及对于熏香、书画等的非凡造诣。顺治八年(1651)正月,董小宛香消玉殒,年仅二十九岁。关于《影梅庵忆语》书名之由来,冒襄有如下叙述:

> 余每岁元旦,必以一岁事卜一签于关帝君前。壬午名心甚剧,祷看签首第一字,得"忆"字。盖"忆昔兰房分半钗,如今忽把音信乖。痴心指望成连理,到底谁知事不谐"。余时占玩不解,即占全词,亦非功名语。比遇姬,清和晦日,金山别去,姬茹素。归,虔卜于虎疁关帝君前,愿以终身事余,正得此签。秋过秦淮,述以相告,恐有不谐之叹。余闻而讶之,谓与元旦签合。时友人在坐曰:"我当为尔二人,合卜于西华门。"则仍此签也。姬愈疑惧,且虑余见此签中懈,忧形于面。乃后卒满其愿。兰房、半钗、痴心、连理,皆天然闺阁中语;到底不谐,则今日验矣。嗟乎,余有生之年,皆长相忆之年也。"忆"字之奇,呈验若此。

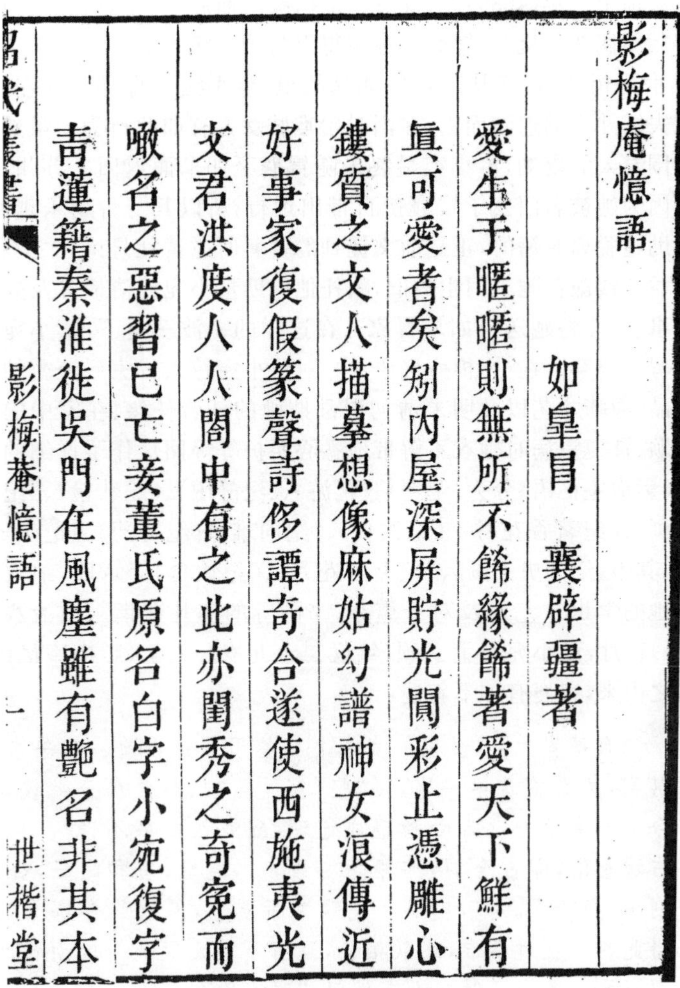

影梅庵憶語

如皐冒　襄辟疆著

愛生于暱暱則無所不飾緣飾著愛天下鮮有眞可愛者矣矧內屋深屏貯光闇彩止憑雕心鏤質之文人描摹想像麻姑幻譜神女涙傳近好事家復假篆聲詩侈譚奇合遂使西施夷光文君洪度人人閤中有之此亦閨秀之奇寃而噉名之惡習已亡妾董氏原名白字小宛復字青蓮籍秦淮徙吳門在風塵雖有艷名非其本

影梅菴憶語　一　世楷堂

昭代叢書

图 5-4　《影梅庵忆语》书影(据《昭代丛书》)

《影梅庵忆语》之主题,一言以蔽,即在于此一"忆"字。董小宛抽得的灵签以"忆"字开头,暗示了她将成为他人长相忆之人物的命运(事后果然应验)。而今已往彼岸世界的董小宛,只能永远闪耀于冒襄记忆之星空;冒襄除了"忆"她,再无他法可重味那段缱绻柔情。重温已逝的悲喜岁月、追寻往昔的点滴回忆,正是他写作此书的根本出发点。冒襄可谓是一个为再现过去或甘或苦的回忆而不惜倾注心血之人。

图 5-5 钱谦益

图 5-6 董小宛

三、萤窗心语诉情真

顺治八年(1651),冒襄痛失爱妾董小宛。十载物换星移,顺治十八年(1661)秋,冒襄的另一爱妾吴扣扣亦从他身边溘然永去。本章笔者拟拈出陈维崧所撰吴扣扣传记《吴姬扣扣小传》(《陈迦陵文集》卷五),对其作一大致解读。该传作者陈维崧(1625—1682),为明末"四公子"之一的冒襄故旧陈贞慧之子。在明王朝灭亡后,陈贞慧为执南京福王(弘光帝)临时政权牛耳的阮大铖所忌,与吴应箕、侯方域等人一起被捕下狱。虽然在清军南下、弘光政权崩溃之际,他们侥幸从狱中逃脱,然此后陈贞慧回到宜兴故里,过着与世疏离的隐居生活,直至顺治十三年(1656)故去。父丧期满后,陈维崧以馆师(家庭教师)身份寄居于先父故人如皋冒襄宅中。

图 5-7　陈维崧

本章拟将陈维崧之《吴姬扣扣小传》分为以下数段,逐一进行解读与分析。

　　幼时读纤书所载《小青传》及松陵叶氏《午梦堂集》,慨然悯叹,废寝食者久之。以彼其人,清姿玉映,固谢鲍之亚也,乃俱郁郁以死。兰摧玉折,无乃甚乎。既复自思,夫其生世不谐、托身失所,则亦已矣。若乃婉娈华屋之下、追随青锁之间,玉树琼枝,芳华相照,人生得此,可谓厚幸。乃轻尘坠雨,夭卒不免焉。如吴姬者,抑又可悲也。

注释:

　　○纤书所载《小青传》:《小青传》是为人姬妾却遭正妻嫉妒而

英年早逝的才女小青之传记，其中亦收录了她所作诗词。作者不明。郑元勋《媚幽阁文娱》、冯梦龙《情史类略》卷十四"情仇类"之"妃厄"条以及张潮《虞初新志》卷一等皆有收录。《情史类略》之"妃厄"中，辑录了"戚夫人"、"梅妃"等受正妻或情敌迫害的女性之传。

○松陵叶氏《午梦堂集》：松陵即吴江。叶氏《午梦堂集》为叶绍袁以其妻、女等人之作品为中心而编成的诗文集。其女叶纨纨、叶小纨、叶小鸾均深负才情却不幸早夭。该集亦收录了叶绍袁在爱女殁后扶乩（与神仙或死者对话沟通）之记录《窈闻》等。

○彼其人：典出《诗经·王风·扬之水》："彼其之子，不与我戍申。"

○清姿玉映：典出《世说新语·贤媛》："顾家妇，清心玉映，自是闺房之秀。"

○谢鲍之亚：谢指谢道蕴（谢奕之女，王羲之之子王凝之之妻）。其生平轶事见《世说新语·贤媛》。鲍指鲍照之妹鲍令晖。《玉台新咏笺注》卷四引《小名录》曰其"有才思，亚于明远，著《香茗赋》，集行于世"。明远为鲍照之字。

○兰摧玉折：《世说新语·言语》中有载毛玄之语："宁为兰摧玉折，不作萧敷艾荣。"

○玉树琼枝，芳华相照：《世说新语·言语》："譬如芝兰玉树，欲使其生于阶庭耳。"比喻谢氏一门屡出才俊。此处"琼枝"、"芳华"代指美女。

开头一段交代了作者陈维崧写作此文时的婉曲心语。他不愧是明末"四公子"之一的陈贞慧之子，幼年时即对《小青传》和《午梦堂集》等才华富赡却英年早夭的薄命女子之传记或其作品有所寓目，并为之心旌飘荡。这段阅历，成为他真切深刻地理解吴扣扣之悲以及冒襄痛失吴扣扣之悲的基石。他认为，在这些薄命女性中，如吴扣扣这样拥有欣赏自己才能并对自己呵护有加的夫君、在衣食无忧备受宠爱的家庭环境中成长的人，换言之，即那些身处福中、完全不知不幸为何物的女子,她们的早夭才愈加让人痛彻心扉。

如下文所述,陈维崧曾寓居冒家数年。虽然在此期间他曾屡屡耳闻吴扣扣之才华,但在旧时中国的大家庭中,深闺女子几乎不能与外来男性相见,因而陈维崧未尝拥有和积累写作吴扣扣传记之素材。所以该传记大部分为冒襄之口述,陈维崧则不妨说从头至尾几乎一直是一个耐心的倾听者和记录者。

姬姓吴氏,小字扣扣,名湄兰,字湘逸,真州人。久家如皋,冒巢民先生侍儿也。今年中秋后二日,绮岁正十九,先生将为饰孔翠、傅阿锡,备小星嘉礼焉。而先期一月,姬遂病,病一月遂死。先生哭之恸。

注释:

○真州:今江苏仪征县。

○今年:《冒巢民先生年谱》顺治十八年(1661)条载:"秋,吴扣扣卒。"是年冒襄五十一岁。

○饰孔翠、傅阿锡:孔翠即孔雀和翡翠之羽,代指华美饰品。阿锡为高级衣料,司马相如《子虚赋》云:"郑女曼姬,被阿锡,揄纻缟。"

○小星:典出《诗经·召南·小星》。指姬妾。

该段依照人物传记的惯常格式,叙传主之姓字、籍贯、逝世年月等基本情况。吴扣扣过世时年仅十九岁,冒襄五十一岁。两人年龄相差三十余岁。

顷与余同载广陵舟中。秋水霜天,凄其无色,寒鸦沙雁,与先生伤逝之声相历乱。予亦言愁欲愁,苦不成寐。先生抚枕为余言曰:"仆自董姬小宛没后,为《影梅庵忆语》千二百言哭之。不惟奉倩神伤,抑亦醴陵才尽。自谓衰年,永销情累,何图今日复罹兹戚。顾亡者诚一时之秀也,而又以笔墨侍余,不忍不一言以纪之。言之又伤余心也。子其为我传之。"余曰:"余居先生家数年,雅闻姬清丽能文,然未悉其详。请言始末。"

注释:

○广陵:扬州。

○言愁欲愁:典出《晋书·王承传》:"人言愁,我始欲愁矣。"

○《影梅庵忆语》:董小宛卒于顺治八年(1651)正月。冒襄写作《影梅庵忆语》,即在是年。

○奉倩神伤、醴陵才尽:奉倩即荀粲。据《世说新语·惑溺》载,荀粲与妻伉俪情深,妻子病故后不久,他亦谢世。醴陵指江淹。《诗品》卷中载,他梦见一个自称郭璞的人,向他索要先前借与他的笔。江淹遂从怀中掏出一支五色笔归还此人。之后他再也写不出佳制名篇。

○余居先生家数年:马祖熙《陈维崧年谱》(上海古籍出版社,2007年)顺治十五年(1658)条云:"十一月,至如皋访冒襄,馆于小三吾,日与文士赋诗。自此住冒家近十年,时或至扬州,岁暮则多回宜兴。"

吴扣扣之传记,虽是以冒襄口述、陈维崧记录之形式成稿,然此段陈维崧以自己的口吻叙述了事件舞台及大致状况。冒襄与陈维崧因偶然的机缘于扬州同乘一舟,此舟即为冒襄讲述吴扣扣之事的舞台。吴扣扣于中秋前后亡故,正值秋冬之交的萧瑟季节。秋水澄澈,寒霜满天,万物萧条无色。寒鸦沙雁之哀鸣,与冒襄之悲声交织在一起。此虽为当时周围之风景,但又何尝不是冒襄悲惋心曲之折射。他丝毫不隐讳自己内心深处的凄怆,向陈维崧娓娓倾诉。说到舟中自述,我们不难联想到白居易之《琵琶行》。《琵琶行》亦是记述在"枫叶荻花秋瑟瑟"的萧条之秋,自己聆听从京城漂泊至此的身世坎坷的琵琶女讲述悲情往事的一首作品。

冒襄此番自述,亦提及十年前亡故的董小宛。董小宛殁后,他缀写了《影梅庵忆语》,已臻伤悲之极限,笔墨之才亦已消耗殆尽。光阴流转、年华渐老,他原本以为自己会与"情累"绝缘,即不会再为儿女私情牵缠挂怀;岂料董小宛辞世后十年,他竟又再度痛失自己钟情之女子,万千伤恸汹涌而来。

韶华不永的吴扣扣,是一位不逊于董小宛的才女。正如为董小宛作《影梅庵忆语》一样,冒襄理所当然也应为她立传。此处"醴陵才尽"一语为下文埋下了伏笔。如江淹失去五色彩笔后文才殆尽一般,自己自痛失董小宛后,便文思枯竭、难成篇章。因而他嘱托陈维崧将吴扣扣生平之点滴形诸笔墨。

然而,陈维崧自己与吴扣扣并无直接深交,对其事并不熟稔,是故他对冒襄云"请言始末"。此既是当时陈维崧作该传的实际状况,亦为书写此类文章的一种惯用表述手法。

四、信是慈航再来人

先生曰,姬八岁从父受书,习戈法,英惠异常儿。举止娟好,肌理如朝霞,眉妩间作浅黛色。宛君见而怜之,私谓余曰:"是儿可念,君他日香奁中物也。"然姬性颇厌铅华,十岁即守木叉戒,茹素。随余母太恭人,诵佛及《金刚经》,晨夕不辍。已知其再来人矣。而余自宛君新没,香炉茗椀,拂拭无人。残月晓风,彷徨四顾。暇时偶忆宛君前言,内人复悬悬不置,十三四即留姬随予读书。授以诗词,辄能讽习。时于屏侧作雏莺声。尤爱读全部《文选》、杜诗。常授以少陵《北征》古诗,仅三遍即覆卷成诵,琅琅不遗一字。余因戏语之曰:"子所能解者,诗赋小致语耳。若经史大篇亦能句读者,当为子输一双条脱。"姬踊跃从命。余即随手取架上史书一帙,乃晋史《石苞传》。姬随口句读,不错一字。疏解意义,应对如流。即擘余条脱而去。余时惊其宿悟。岂知苞传后有季伦一传,绿珠坠楼,遂为今日谶也。伤哉。

注释:

○戈法:据《宣和书谱》卷一载,唐太宗虽擅书法,却苦于"戈"字之"乚"一笔始终难工。太宗偶书"戬"字,遂空其"戈"处,令师

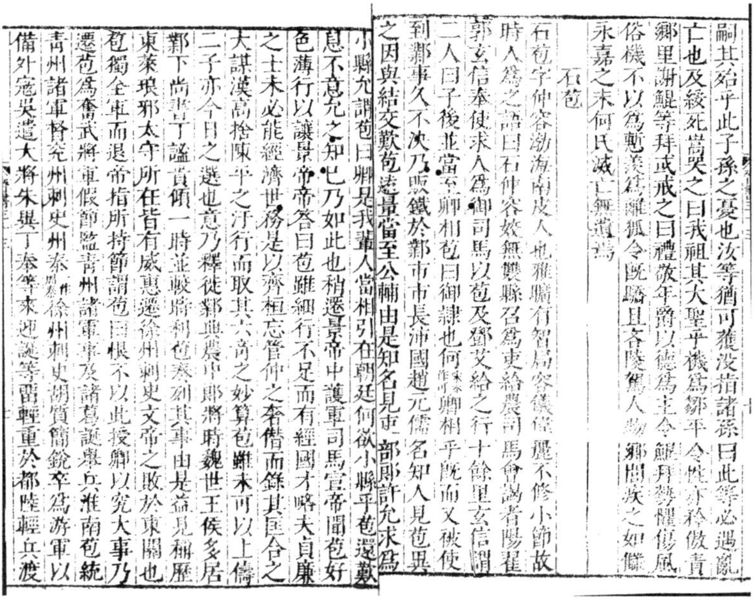
嗣其殆乎此子孫之憂也汝等猶可獲没指諸孫曰此等必遇亂
亡也及綏死嵩哭之曰我祖其大聖乎我爲邪平令性亦矜傲責
鄉里謝鯤等拜武戒之曰禮敬年爵以德爲主令鯤拜勢利傷風
俗機不以爲慙義爲離狐令旣驕且吝陵駕人物鄉閭疾之如讎
永嘉之末何氏滅亡無遺焉
石苞
石苞字仲容渤海南皮人也雅曠有智局容儀偉麗不修小節故
時人爲之語曰石仲容姣無雙縣召爲吏給農司馬會謁者陽翟
郭玄信奉使求人爲御司馬以苞及鄧艾給之行十餘里玄信謂
二人曰子後並當至卿相苞曰御隸也何卿相乎旣而又被使
到鄴事久不決乃販鐵於鄴市市長沛國趙元儒名知人見苞異
之因與結交歎苞遠量當至公輔由是知名見吏部郎許允求爲
小縣允謂苞曰卿是我輩人當相引在朝廷何欲小縣乎苞還歎
息不意允之知已乃如此也稍遷景帝中護軍司馬宣帝聞苞好
色薄行以讓景帝帝答曰苞雖細行不足而有經國才略夫貞廉
之士未必能經濟世務是以齊桓忘管仲之奢僭而錄其匡合之
大謀漢高捨陳平之汙行而取其六奇之妙算苞雖未可以上儔
二子亦今日之選也意乃釋徙鄴典農中郎將時魏世王侯多居
鄴下尚書丁謐貴傾一時並較時利苞奏列其事由是益見稱歷
東萊琅邪太守所在皆有威惠遷徐州刺史文帝之敗於東關也
苞獨全軍而退帝指所持節謂苞曰恨不以此授卿以究大事乃
遷苞爲奮武將軍假節監青州諸軍事及諸葛誕舉兵淮南苞統
青州諸軍督兗州刺史州泰徐州刺史胡質簡銳卒爲游軍以
備外寇吳遣大將朱異丁奉等來迎誕等留輕重於都陸輕兵渡

图 5-8　《晋书·石苞传》(毛晋汲古阁本。冒襄及吴扣扣所阅者，许即此汲古阁本)

虞世南足之。吴姬幼年时即学书唐太宗难工之“戈”字。

〇铅华：指粉黛之类。

〇木叉戒：木叉即波罗提木叉。佛教戒律之一，又名别解脱戒。

〇再来人：指前世为佛教徒，今生又转世人间、皈依佛教之人。

〇少陵《北征》古诗：安史之乱肆虐之际，杜甫从肃宗行所凤翔归家人避难地鄜州。《北征》一诗记述了因战乱而荒废狼藉的沿途光景、与家人之再会、祈愿唐王朝再兴等内容，为一首五言长篇古诗，凡一百四十句。

〇小致语：“致语”为宋代说唱艺人于御前表演才艺前赞美皇帝之语。《东京梦华录》卷七及《宋史》卷一一三“礼志·宴飨”等典籍中可见"教坊致语"、"乐工致语"等文字。此处冒襄把诗赋与经史大篇相对,将其比拟为艺人致语。

○晋史《石苞传》:见《晋书》卷三十三。《石苞传》之后有其子石崇之传。石崇有一宠妓绿珠,仇敌孙秀遣人索之,遭石崇拒绝。孙秀遂谋诛杀石崇。绿珠听闻,自坠于楼下而死。

从此段开始,即以冒襄口述自己回忆的形式,来描写吴扣扣其人其事。冒襄记忆中的吴扣扣,总是那么美丽温柔、善解人意。她从小就是一个聪明可人的孩子。或许她从幼年开始就作为冒家侍女而成长于这个书香世家。冒襄想起了董小宛在生前认为吴扣扣

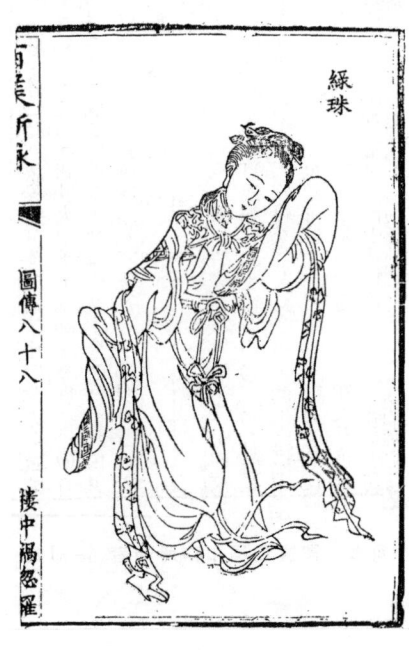

图5-9 绿珠(据《百美新咏》)

迥非凡俗而对她青眼有加,曾半开玩笑半认真地对他说,这个人儿长成后定会成为你的人。其言下之意是冒襄将来会纳她为妾。然而可惜的是,董小宛只猜对了一半,由于天妒红颜,那另一半预言成为永不可及的镜花水月。

吴扣扣从幼年开始就心许佛教,不茹荤腥,晨夕诵经,故冒襄认为她是"再来人"。此语亦见于《影梅庵忆语》之杜浚评语中。"再来人"或可谓"神眷之人"。吴扣扣从幼时起即寄心空门,已然显出薄命之象。更确切地说,可能是在她谢世后的现在,冒襄静心梳理前后来龙去脉才想起这个宿命般的征兆。本段末尾所记的关于吴扣扣读《晋书》石崇传的一节,亦是如此。在《影梅庵忆

语》中,冒襄曾写到于关帝庙抽得"忆"字灵签,从事后之生离死别来看,方知是董小宛不能与自己白头偕老之预兆。此情节与《吴姬扣扣小传》中相关记述的情况是类似的。

董小宛无微不至地侍奉冒襄的种种情形,在《影梅庵忆语》中已有着墨。董小宛殁后,冒襄蓦然苦恼于身边再无如此体贴入微之侍女。于是他回想起董小宛生前之戏语,俾扣扣随侍左右并悉心教育。自不待言,此是为了将来纳她为妾。夫人(正妻苏氏)亦从旁怂恿,积极撮合此段姻缘。

虽然冒襄或多或少进行了美化,但洋洋七百言的杜甫之《北征》,吴扣扣仅仅读了两三遍便能毫无舛差地朗朗成诵,的确才能非凡。冒襄对她的高才深为惊疑,以臂钏作赌注,料她不能将"经史大篇"断句解意。没想到她流利顺畅地读毕《晋书·石苞传》全篇,并疏解文意,不爽毫厘。冒襄在与她的打赌中落败,如果从男性中心社会这一立场来看,应是一件须讳言的不光彩之事。可是,他能将自己被一个比自己年少三十余岁的小丫头击败这一事件坦率地诉与外人,显示了其心胸之广犹如浩瀚大海。

五、怀抱旧什冰与璧

又余年来好与诸文士作曲室中语,药栏湘夹,唱和斐然。姬向晚即索诸稿去,间有评隲,辄当。又余去冬今夏,僦居广陵。姬间日以乌丝栏格子,字作簪花体,讯余平安。姿制明秀,点画遒媚。同人窃见者,无不妒余。余绮疏旧艺兰数百本,姬一日寄余书曰,见兰之受露,感人之离思。余持笺在手,讶其清丽。归相诘问:卿那便得如许巧制?姬对以此特江文通语,红兰受露,稍除一字,君自不觉耳。其英敏大率类是。

注释:

○作曲室中语:曲室指狭小的房间。《世说新语·赏誉》:"许掾尝诣简文,尔夜风恬月朗,乃共作曲室中语。"

○药栏湘夹:药栏指芍药之花圃,或指花栏。庾肩吾《和竹斋》:"向岭分花径,随阶转药栏。"杜甫《宾至》曰"不嫌野外无供给,乘兴还来看药栏",钱谦益注云:"药栏,花药之栏也。"湘夹,"湘"或指湘竹,竹林间意;或指一种茶具(详见陆羽《茶经》卷中"竹筴"条、俞蛟《梦厂杂著》卷十等),"药栏湘夹"殆即赏花、品茗;又《尚书·顾命》有曰"西夹南向,敷重笋席",孔安国注"西厢夹室之前"云云,湘夹又抑或指植有湘竹之雅室。

○乌丝栏格子:有黑色网格线之信笺。

○簪花体:书法之一种。梁袁昂《古今书评》曰晋卫恒书如"插花美女"(张彦远《法书要录》引)。王彦泓《有女郎手写余诗数十首,笔迹柔媚,纸光洁滑,玩而味之》诗(《疑雨集》卷三)有云"卫娘书格是簪花",此句之卫娘即卫恒之侄女、下段将要述及的卫铄。

○艺兰:董小宛植兰之事,见《影梅庵忆语》。另冒襄撰有关于兰之专著《兰言》。

图 5-10　《兰言》书影(《如皋冒氏丛书》所收)

〇江文通语:江淹《别赋》:"见红兰之受露,望青楸之离霜。"

此段亦是叙述吴扣扣之才华。和先前《晋书》之考问一样,冒襄对其锦心绣口深感骇异,惊问"卿那便得如许巧制",近乎失言。吴扣扣回答说,这不过是江淹名篇《别赋》中的文句稍稍变化了一下而已,你竟然没有看出来吗? 如果是心胸狭隘之人,听闻此语兴许会感不悦;而冒襄仍然衷心夸赞其英敏,这是非常难能可贵的。当然,冒襄能口出是言,是因为她而今已不在人世。

文中写到友人从冒襄那里看到吴扣扣寄给他的字迹秀丽的问安书札而心生艳羡,此骄傲之情似发自冒襄肺腑,这一点是颇值得玩味的。可以说在当时,身边有才女相伴,在友人面前是足以自傲之事。

余曰,有是哉。夫芳姿翾风,不娴史传;唐山卫铄,讵解文章。姬乃兼之,何其殊也。先生曰,不宁惟是。顾姬之品格,更有大异人者。余数年以来,家中出入,悉由姬手。姬不私制一钿蝉,不私易一纤缟。常一日捡朱提数两,畀以归余。盖余岁久遗忘,置姬箧中者。尘埋蛛裹,封识如初。余笑谓姬:"卿旷达人,何以作宋老生学究气?"姬正色谓余:"君何相待之薄也。夫人有托而私有所染指焉,非夫也。君谓女子中无丈夫乎?"余愧谢久之。其知大体立节概,何如者。余数年忧患,姬外引大义,曲相支拒;内怀远虑,回肠车轮。又余频婴拂意,情颇卞急。饮食服御,匪姬不欢。间有濡缓,辄相谯让。而姬婉转奉侍,捷如盘珠。一家之中,上而余母余内人暨子弟甥诸媳,相为怜爱,无不加膝。姬不以此自矜。下而中外诸男女,视姬有加礼焉,姬益以自下。其性情才识,不异宛君也。而今又死矣。伤哉。

注释:

〇芳姿翾风:芳姿即《乐府诗集》卷四十五《团扇郎六首》引《古今乐录》中所述之谢芳姿。她是一位婢女,作有《团扇郎歌》。翾风为石崇之爱婢,作有五言诗《怨诗》,其事见于《太平广记》卷二七二。

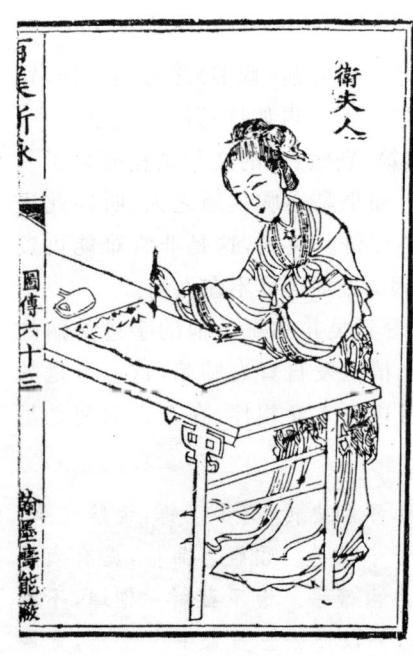

图 5-11　卫夫人（据《百美新咏》）

○唐山卫铄：唐山即汉高祖之唐山夫人。《汉书·礼乐志》云其曾作"房中祠乐"，是一位音乐能手。卫铄为女书法家，王羲之师之（事见《奁史》卷四十六引《书断》）。

○朱提：白银。

○宋老生学究气：宋学风之道学者。

○回肠车轮：回肠意为不安地反复思虑。《乐府诗集》卷四十五《黄鹄曲四首》："腹中车轮转，君知思忆谁。"同书卷六十二《悲歌》："心思不能言，肠中车轮转。"

如果从头至尾皆是冒襄一人叙述，则未免显得单调乏味。此处陈维崧插话说："原来如此，她果真是一个非比寻常的人呢！"于是冒襄接着说，她不仅深负才学，而且人格也可钦可敬。然后他开始讲述吴扣扣日常生活中的一些轶闻细故以及她的谨严自律、对家人的谦卑恭顺等等。这是一种巧妙的话题转换方式。

吴扣扣管理家务时，心细如发，毫厘无舛。在《影梅庵忆语》中，对董小宛亦有同样之记述。才能之评价、人格之评价以及在其身后回想出的先前种种不祥之兆，从某种意义上说，冒襄口述中的吴扣扣，有着太多《影梅庵忆语》中董小宛的影子，他是以董小宛为模板来讲述吴扣扣的。或者亦有这种可能，陈维崧实际上是读罢《影梅庵忆语》再为吴扣扣作传的。

此段以冒襄口吻讲述了吴扣扣继董小宛之后体贴入微地照

顾自己的日常起居、与家人融洽共处（她若与家人不睦，对冒襄而言当然会造成一种负担），对于她的早逝，冒襄感到无比伤恸。

六、风前雨里一销魂

忆春间携姬看桃花于水绘堤前。姬向余索诗："君生平言语妙天下，何独于小女子惜一言耶？"余乃作四小诗赠之。姬生平未尝向余索诗，兹若有亟亟然者，可异也。又姬近日撮唐小绝句如"玉颜不及寒鸦色"之类，令画工图之。皆闺房憔悴语，不知何故。一日为余种白秋海棠。内人劝其多植数枝，姬忽太息曰："前人种花，后人看花。余今日知又为何人计耶？正复何须作此？"暇时余问以子素学佛，今何以都不诵经。姬曰："诵经须出家人可为，今予既以身事君子矣，奈何。"言罢，似悄然不悦者。余益信姬定为再来人，无疑也。今果舍我去矣。

图5-12　如皋水绘园（河井阳子摄）

注释：

○四小诗：指《巢民诗集》卷六所收《辛丑晚春，久雨初霁，携小姬吴湘逸看画堤桃花，闭门湘中小阁，山涛过访不值，有四绝句，戏为和答，并付湘逸》四首诗作。山涛即如皋许嗣隆，康熙二十一年（1682）进士，为冒襄表亲。嘉庆《如皋县志》卷十六"列传一"有其传。

○玉颜不及寒鸦色：语出唐王昌龄《长信愁》："玉颜不及寒鸦色，犹带昭阳日影来。"

此段为冒襄自述之结尾，仍然是讲述了从吴扣扣已经故去的现在来看，先前呈现的种种不吉之兆。之前未尝向冒襄索诗的吴扣扣，却突然要他作诗相赠；她尽挑选那些凄楚哀怨的诗句，俾画工摹于尺幅；手植海棠花时，又有伤怀自怜之感喟。而今看来，此皆为她韶华不永之征兆。

图 5-13　白海棠

关于海棠,《影梅庵忆语》中亦记述了董小宛培植秋海棠并制作芳鲜无比的海棠花露之回忆。此外,陈维崧也撰有《白秋海棠赋》(《陈迦陵文集 俪体文集》卷一)。

在冒襄对扣扣回忆之开头,有"再来人"一语;最后结尾处,又再次云"余益信姬定为再来人,无疑也",叹她终究难逃薄命之命运。这是冒襄在伤恸之余,试图说服自己接受她一朝永去这一现实的自我安慰。

先生言竟,哽咽摧藏。余亦泫然,不知所出。江风大作,蓬月忽低,援笔为吴姬小传。

此处冒襄之长篇自述已迄,笔触再次回到现实中。身之周遭,冷冽的江风呼啸;船篷外,寒月已沉于天际。情景相生,余韵袅袅。该末尾,陈维崧似联想起了以"凄凄不似向前声,满座重闻皆掩泣。座中泣下谁最多,江州司马青衫湿"作结的白乐天之《琵琶行》,亦以讲述者与倾听者皆唏嘘出涕之描写收束全篇。

七、春 朝 一 日

吴扣扣亡故之年的春朝某日,冒襄曾与她一起赏水绘园桃花,并作《辛丑晚春,久雨初霁,携小姬吴湘逸看画堤桃花,闭门湘中小阁,山涛过访不值,有四绝句,戏为和答,并付湘逸》四首(《巢民诗集》卷六),本章将择其一首进行解读。顺治十八年(1661)暮春,连绵阴雨后碧空新晴,冒襄携爱妾吴湘逸(扣扣)于水堤赏桃花,掩扉于湘中小阁。山涛(如皋许嗣隆)来访,未得晤面,作成四绝句。冒襄依韵酬答,作成四首,并将之赠与湘逸。此为诗题之意。据阙名《水绘庵记》(《同人集》卷三)可知,湘中阁藏幽于水绘园中。以下为该诗第四首:

镝户才知春昼长,殷勤罗袖拂花黄。眉言眼语真奇秀,始信人间别有香。

闭户掩扉、暂离尘俗,方觉春昼之悠长。花黄为古代女性贴在颊上之饰品,徐陵《奉和咏舞诗》(《先秦汉魏晋南北朝诗》陈诗卷五)中有"举袖拂花黄"之句。不知吴扣扣是否如六朝和唐代女子那样将花黄贴于粉腮间。此处又或指暮春时节,随风飘舞的桃花花瓣沾在脸上,她用衣袖将之拂去。两人静坐于小阁中,不必喁喁私语,只在她眉黛舒卷和眼波流转间,便已觉万千情愫盈盈溢出。结尾化用了李白《山中问答》一诗中"桃花流水杳然去,别有天地非人间"之句。水绘园画堤前亦有烂漫桃花,有潺湲流水。虽然李白曰此境"别有天地非人间",但如今与吴扣扣相伴,自己方味非必是山中,人间亦有一种幽香雅韵。

连日阴沉散去,云销雨霁。在融融春色中,冒襄与青春美丽的吴扣扣一起闭门于庭园一小阁,写下了这首色调明朗的诗。在已与吴扣扣阴阳相隔的现在,当他向陈维崧说起这首昔日予她的赠诗时,胸中之悲怆该是何等深彻和绵长。

本章参考文献

陈维崧《陈迦陵文集》,《四部丛刊》所收。
冒襄《巢民诗集》,《如皋冒氏丛书》所收。
冒襄《同人集》,《四库全书存目丛书》所收。
冒广生《冒巢民先生年谱》,《如皋冒氏丛书》所收。
马祖熙《陈维崧年谱》,上海古籍出版社,2007 年。
大木康《风月秦淮——中国游里空间》,辛如意译,联经出版事业
　　股份有限公司,2007 年。
大木康《冒襄和影梅庵忆语》,里仁书局,2013 年。

第六章 秀才家书

——吴兆骞《上父母书》

汉民族统治的王朝——明朝灭亡后，由满族王朝清统治天下。王朝更迭给江南地区的读书人带来了巨大变化及摩擦，强制要求他们按满族的习惯辫发就是其中之一。"身体发肤，受之父母，不敢毁伤"(《孝经》)，对持此观念的汉族人而言，剃去一部分头发束辫子无疑会引起他们心理上的强烈抵触。然而这一措施就像日本江户时代为了禁基督教而让人们踩踏耶稣像的"踩圣像"制度一般，站在满洲王朝的立场来看，如果谁拒绝辫发，谁就是抗拒清王朝的统治。江南地区暂时为清廷武力所平定，归入清朝治下。然而就是在这经济、文化皆堪称当时中国之翘楚的江南地区，反清活动一直未尝间断，由此招来清政府的镇压。本章将要解读的《上父母书》之作者吴兆骞，就是江南社会与清朝政府间摩擦出的浓重硝烟味火花中悲剧主人公之一。

一、才子吴兆骞

俗话说,天有不测风云,人有旦夕祸福。人之命运,确是如此。

虽然时处明清王朝交替之混乱期,但他生于江南世家,幼少年时期并未经历大风大浪,随着年岁渐长,才子之声名也流播遐迩,与当时的诸多文人墨客皆有交游。他也曾参加科举考试,在最难的一关乡试——且是才俊云集的江南乡试中——一举及第,考中举人。从至此为止的人生足迹来看,他可谓是受尽了上天眷顾。

这个人的名字叫吴兆骞,字汉槎,生于明末崇祯四年(1631),苏州附近吴江人。吴氏是高官辈出的世家,吴兆骞之父吴晋锡为崇祯十三年(1640)之进士。吴兆骞在顺治十四年(1657)参加了在南京举行的江南乡试并金榜题名。科举须历经童试、乡试、会试、殿试等几个阶段,而其中最难的一关是乡试。在文学史上留名的著名文人中,终生未能跨越乡试之门槛者并不在少数,本书前章所介绍的陈继儒、冯梦龙、冒襄等皆在此列。而吴兆骞蒙命运女神之垂青,在乡试中一举及第。乡试于金秋八月举行,合格者于翌年三月赴都城北京参加会

图 6-1 吴兆骞

试。倘若会试及第,则可进入科举的最后一关——参加由皇帝亲自主持的殿试。殿试及第者,就成为许多中国读书人梦寐以求的进士。可以想见,即将赴北京应会试的吴兆骞,定是春风得意、豪情万丈。

但是命运总爱与人开玩笑。吴兆骞虽在此前的乡试里高中,然不意正是在此顺治十四年即丁酉年的江南乡试中,发生了震撼一时的一大疑狱事件——丁酉江南科场案。事件之起因是乡试主考官、副考官被人质疑借考试之机收受贿赂而使同族考生上榜、有失公允,后来发展为弹劾主考官事件。听闻此事的顺治帝,下诏命礼部(掌管科举的部门为礼部)、刑部彻底追查。

当然,该事件本身于吴兆骞而言无甚特别影响,当初他并未感受到"山雨欲来风满楼"之势。乡试翌年春天,想必他定是一边想象着自己会试、殿试及第衣锦还乡的场景,一边意气扬扬地启程去赴北京举行的会试吧。前方的人生之路,似乎是一片光明。

可他做梦也没有想到的是,等待着在前一年江南乡试中上榜的新科举人的,竟是在北京被投入监狱,然后重新考试。考官收受贿赂而徇私舞弊之质疑,将根据对考生的重新考核结果予以定论。是可忍孰不可忍,考生对此举无不义愤填膺,但也无可奈何。

顺治十五年(1658)三月九日,吴兆骞等江南乡试及第者在礼部报名时,他们立即被拘捕入刑部狱,无一人幸免。四日后的三月十三日,顺治帝亲临考场,对他们进行重新考核。考试之际,持刀的武士戒备森严,视考生如仇雠。北京的三月虽已入春,但仍然余寒料峭,考生们被冻得瑟瑟发抖。

吴兆骞在这场重新组织的考试中,交了白卷。关于他这么做的理由,外人有染恙在身、不胜惊恐以及有意为之等诸多猜测。其真相究竟如何,至今仍是一个谜团。然而由于极度紧张而交白卷这一说法,至少可透露出他是一个胆小怯弱的秀才。

不论理由为何,交白卷这一行为是对严肃的科举考试之大不敬,吴兆骞此后的悲惨遭际也就可想而知了。重新考试的结果,

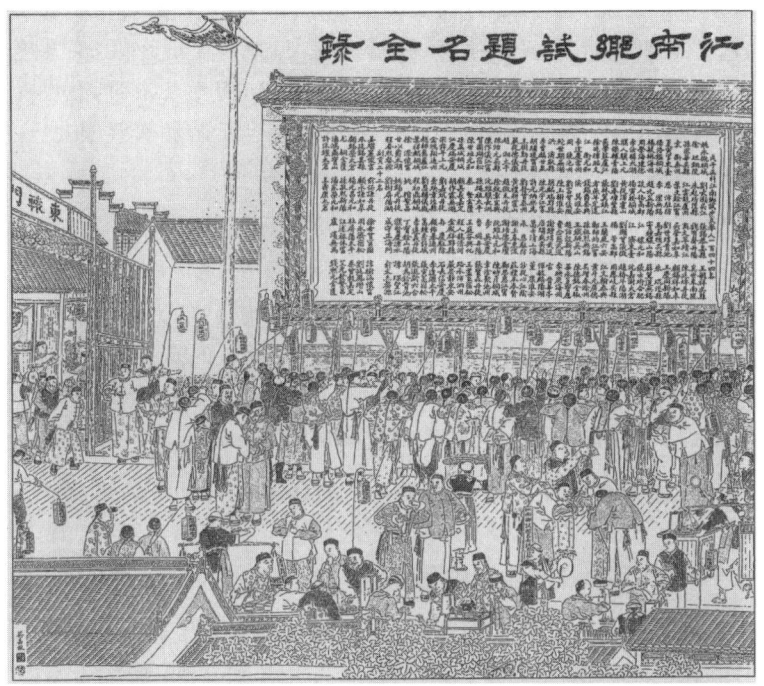

图 6-2 江南乡试发布合格名单（图为清末光绪十四年江南乡试发布合格者姓名。牌板上写有合格者姓名，俨然为一时之新闻。据《点石斋画报》）

是十四名举人被剥夺举人资格，除其中一人外，其他人皆不得参加会试。这一处置，显然十分残酷和严厉。

二、与父母书

重新考试后，吴兆骞被留置于狱中。此时的吴兆骞，给远在江南故乡的双亲写了一封信，该信留传至今。本章将要解读的就是此信——《上父母书》。

儿兆骞百拜父母两亲大人膝下。儿不幸遭此冤祸，拘系刑曹。中心哀惨,惟不能忘我父母养育之恩耳。梦魂无日不在膝前,每念我父母及合家骨肉,便肠断欲绝也。然儿此事,实属风影。于心既无愧怍,亦复何惧。儿身虽在狱,而意气激昂,犹然似昔。凡在长安诸人,无不为儿称冤者。父母万无过伤致损身子,切嘱切嘱。

注释:

〇风影:捕风捉影,毫无凭据。

〇无愧怍:化用了《孟子》"仰不愧于天,俯不怍于地"之语。

〇亦复何惧:化用了《论语·颜渊》"子曰,内省不疚,夫何忧何惧"之句。

〇长安:指都城。这里具体指北京。

该段无须笔者再以赘语解说。吴兆骞在自己身陷生死未卜的紧要关头,还不忘嘱咐父母不要因惦记儿子而伤了身体。寥寥数语,已见其禀性之体贴温厚,一字一句都在敲打着读者心扉。

儿于三月初九日赴礼部点名,即拘送刑部。儿此时即口占二诗,厉声哀诵,以伸冤愤。礼部诸公及满洲启心郎,皆为儿叹息,称为才子。儿若见天有日、重归里门见父母,便属大幸矣。娘子为人甚善淑,儿念之甚切,乞父母善待之。六弟须嘱其读书,不可以儿因功名受祸,便尔灰心也。儿于去岁得梦大奇,《金刚经》四百部,千乞印施。佛力无边,必能护持。家中虽在至窘,而施经之事,必不可缓,切祷切祷。临笔不胜哀痛之至。

注释:

〇启心郎:清代官职,各部皆有设置。有满人启心郎与汉人启心郎之别。

〇灰心:指意气消沉。

该段首先向双亲报告了自己在北京的情况:三月九日到礼部报到后,立即下刑部狱;他当即赋诗,得到了众人之赞赏和同情。他在信中讲述了在如此苛酷的境遇下,自己的才能得到令人望而

金剛般若波羅蜜經

〖倦遊翁集英曰〗金剛者金中精堅者也。剛生金中百煉不銷。取此堅利能斷壞萬物。五金皆謂之金。凡止言金者謂鐵也。此言金剛。乃若刀劔之有鋼鐵耳。譬如智慧能斷絕貪嗔癡一切顛倒之見。般若者。梵語。〖梵語者西方之語也〗唐言智慧。〖國之言者中性體虛融〗照用自在。故云般若。梵語波羅蜜。唐言到彼岸。欲到彼岸須憑般若。此岸者乃衆生作業受苦生死輪迴之地。彼岸者謂諸佛菩薩究竟超脫清淨安樂之地。凡夫即此岸。佛道即彼岸。一念惡即此岸。一念善即彼岸。六道如苦海。〖六道者。天人。阿脩羅。地獄。餓鬼。畜生〗無舟而不能渡。以般若六度為舟航。〖度與渡同。見此後陳雄解〗渡六道之苦海。又西土俗語。凡作事了辦。皆言到彼岸。經者徑也。此經乃學佛之徑路也。沖應真人周史卿作楊亞夫真讚解云。鐵之為物。其生在鑛。其成為鐵。性剛而體不變。火王〖去聲〗而器乃成。佛之所生畏的满洲官僚之赞扬,换言之即获援在望。这大概是出于宽慰亲人担忧、使他们安心之目的。

接着,他对家中的每一个人表达了细致关怀。对于爱妻,他恳请父母予以善待。因为丈夫不在时,最无依无靠、孤苦伶仃的就是从别家嫁来的妻子。对于幼弟,他嘱咐无论世情如何,都要一如既往地发愤苦读。

三、《金刚经》

吴兆骞在书信最后嘱托父母刻印《金刚经》广施大众。明代初年,永乐帝亲注《金刚经》,这一豪华的版本曾在宫中刊行(《金刚般若波罗蜜经集注》,上海古籍出版社影印本,1984年)。前章所解读的陈维崧《吴姬扣扣小传》中,亦云年幼的吴扣扣晨夕诵读《金刚经》。对明代人而言,《金刚经》是佛典中最为亲切的一部经典。吴兆骞信中特别提及刊印流布《金刚经》,或许与经中有如下一段有关:

若复有人闻此经典,信心不逆,其福胜彼。何况书写、受持、读诵、为人解说。

后来吴兆骞之父吴晋锡给他的回札中,曾云他与吴兆骞之妻、妹每日诵《金刚经》、《高王观世音经》、《大悲神咒》,祈祷能救儿子于苦厄之境。

在遭遇厄运或心有所祈时,作为一种施舍而流布经典,自古以来即以有之。敦煌文献中,就有记载着发愿者姓名、祈祷事项等识语的写经。在出版文化发达的明代末期,刊印流布经典被认为是一种功德。在道教里,也有类似之观念。譬如《阴骘文》中即有"印造经文"一条,列举实例说明刊印经典乃功德无量之事。今天如果我们到访台湾、香港等地的寺院,可以看到堆积如小山的善书,它们同样是某些人为了积累功德而刊印,尔后予人免费取阅的。

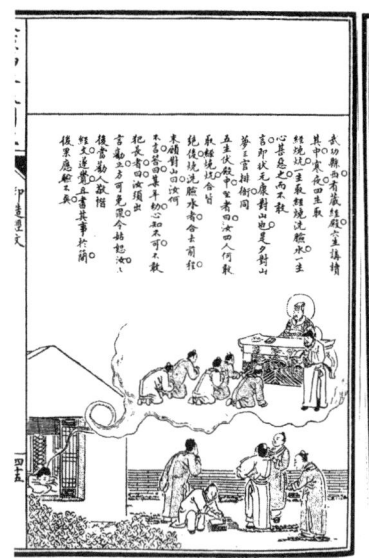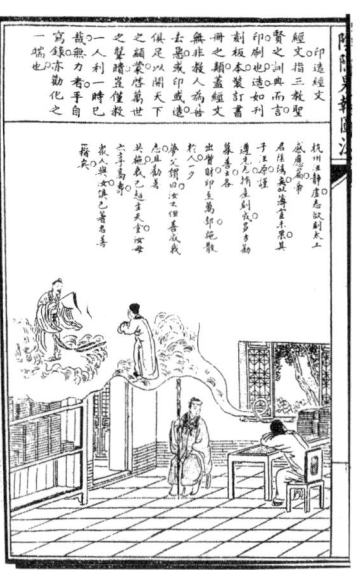

图 6-4 《阴骘果报图注》(其中明确写有刊行《太上感应篇》、《文昌帝君阴骘文》可得福报)

图 6-5 善书(由照片可看到寺院一角善书堆积如山,欢迎参访者免费携归览阅。摄于台北龙山寺)

明代嘉兴版《大藏经》,在每部经书的末尾皆刻有施舍者的姓名、字数多少、所费钱款等。其中有一些施舍者是像惨罹厄运的吴家一样欲借助刊印经典而积累功德者。笔者藏书中,有一本题为《风雷集》的善书。虽然它是一本仅十四页的薄薄小册子,但其目录末尾识有"板存嘉兴北门城外薛锦昌刻字店刷印　每本工料钱十四文"之文字。它大约刊于清末,欲通过刻这部善书而求功德的那个人或许为每部书支付了十四文工钱。吴家为祈吴兆骞之冤屈得直,立即印了四百部《金刚经》。

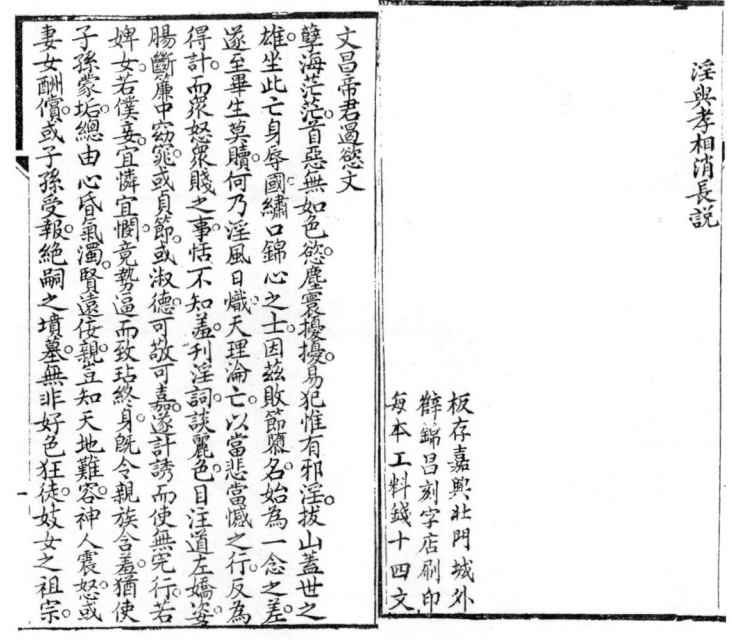

图 6-6 《风雷集》书影

该书信收于吴兆骞的《归来草堂尺牍》(《秋笳集》所收,上海古籍出版社,1993 年排印本)。《归来草堂尺牍》收录了吴兆骞致父母、兄弟的十五通书札。

四、吴伟业之同情与愤怒

吴兆骞写作此信时,从其语气来看仿佛立刻就能洗刷冤屈重归故里。然而,顺治十五年(1658)十一月,朝廷所下处罚是主考官、副考官及十七名同考官总计十九人判以死罪,包括吴兆骞在内的八名考生被处籍没家产、父母兄弟妻子流放宁古塔之刑。由于江南乡试的上榜者共计有一百几十人,被流放的八人之量罪可以说是非常重的。

吴兆骞等人的流放之地宁古塔,位于现在的黑龙江省,是当时政治犯的流放地。对于常年生活在气候宜人的江南地区的人们而言,它无疑是一个令人闻之丧胆的塞北绝域,不异乎人间地狱。

得知吴兆骞获此重罪的江南一带的友人们,纷纷作诗表达内心的震惊与伤怀,或者温言宽慰吴兆骞。其中之一是吴伟业所作《悲歌 赠吴季子》(《梅村家藏稿》卷十):

> 人生千里与万里,黯然销魂别而已。君独何为至于此,山非山兮水非水,生非生兮死非死。十三学经并学史,生在江南长纨绮。词赋翩翩众莫比,白壁青蝇见排抵。一朝束缚去,上书难自理。绝塞千山断行李,送吏泪不止,流人复何倚。彼尚愁不归,我行定已矣。八月龙沙雪花起,橐驼垂腰马没耳。白骨皑皑经战垒,黑河无船渡者几。前忧猛虎后苍兕,土穴偷生若蝼蚁。大鱼如山不见尾,张鬐为风沫为雨。日月倒行入海底,白昼相逢半人鬼。噫嘻乎,悲哉,生男聪明慎勿喜。仓颉夜哭良有以,受患只从读书始。君不见,吴季子。

这首诗说,生命中令人失色销魂之伤悲,唯有遥隔千里万里的离别。"黯然销魂别而已"化用了江淹《别赋》中"黯然销魂者,惟别而已矣"一句。你为何会遭逢如此厄运?即将往塞北的你若

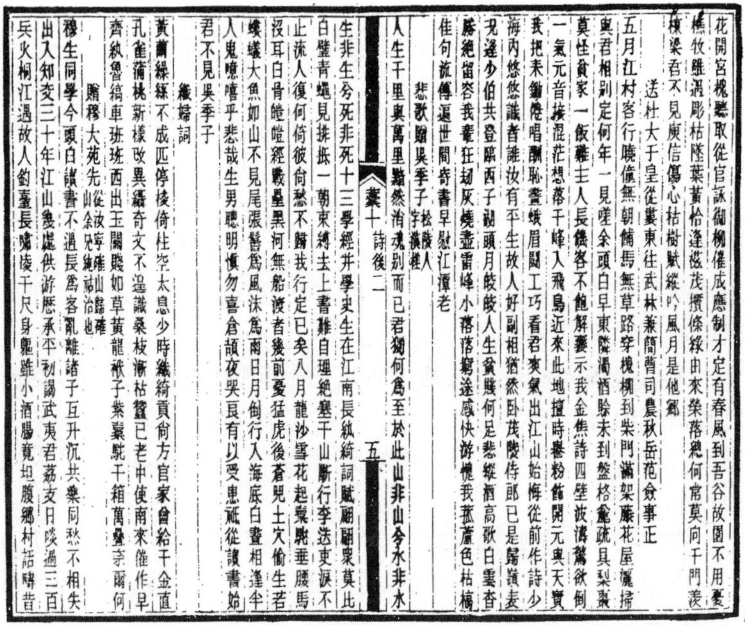
花開宮槐聽取從官詠御柳催成應制才定有春風到吾谷故園不用憂
樵牧雖凋彫枯隆葉黃恰逢滋茂摜條緣由來榮落總何常莫向千門羨
棟梁君不見庾信傷心枯樹賦縱吟風月是他鄉
送杜大于皇從婁東往武林兼簡曹司農秋岳苑僉事正
五月江村客行曉僮無朝餔馬無草路穿槐柳到柴門滿架藤花屋漏掃
與君相別定何年一見嗟余頭白早東鄰渴酒賒未到盤格龜疏具梨棗
莫怪貧家一飯難主人長饑客不飽解囊示我金焦詩四壁波濤驚欲倒
一氣元音接混茫想落千峰入飛鳥近來此地擅時譽粉飾開元與天寶
我把耒鋤饒唱酬恥畫蛾眉鬭工巧看君爽氣出江山始悔從前作詩少
海內悠悠識者誰汝有平生故人好副相猶然臥茂陵侍郎已是歸嶺表
况逢少伯共登臨西子湖頭月皎皎人生貧賤何足悲縱酒高歌白雲杳
勝絕留容我輩狂刼灰燒盡雷峰小落落窮途感快游愧我蕪蘆色枯槁
佳句流傳逼世間奇書早慰江潭老
悲歌贈吳季子 松陵人字漢槎
人生千里與萬里黯然消魂別而已君獨何為至於此山非山兮水非水
生非生兮死非死十三學經并學史生在江南長紈綺詞賦翩翩衆莫比
白璧青蠅見排抵一朝束縛去上書難自理絕塞千山斷行李送吏淚不
止流人復何倚彼尙愁不歸我行定已矣八月龍沙雪花起橐駝垂腰馬
沒耳白骨皚皚經戰壘黑河無船渡者幾前憂猛虎後蒼兕土穴偷生若
螻蟻大魚如山不見尾張鬐爲風沫爲雨日月倒行入海底白晝相逢半
人鬼噫嘻乎悲哉生男聰明愼勿喜倉頡夜哭良有以受患祇從讀書始
君不見吳季子
織婦詞
黃繭繰絲不成匹停梭倚柱空太息少時織綺貢尙方官家曾給千金直
孔雀蒲桃新樣改異錦奇文不遑識桑枝漸枯蠶已老中使南來催作早
齊紈魯縞車班班西出玉關賤如草黃龍袱子紫囊駝千箱萬疊索爾何
贈穆大苑先 從汝寧確山歸確山余兄[illegible]治也
穆生同學今頭白讀書不遇長為客亂離諸子互升沉共樂同愁不相失
出入知交三十年江山幾處供游歷承平初謁武夷君荔支日啖過三百
兵火桐江遇故人釣臺長嘯凌千尺身軀雖小酒腸寬坦腹鄉村話疇昔
藁十　詩後二　五

图 6-7　《悲歌 赠吴季子》(《梅村家藏稿》卷十书影)

放眼而望,既无秀美的山岳,也无明丽的江河。此去经年,全然生死未卜。你生于江南世家,从小养尊处优,十三岁即饱读经史,鸿文丽藻无人能匹敌。孰料白璧竟遭青蝇之玷,你遭遇谗言,为卑劣小人所排挤。《诗经·小雅·青蝇》中,将以谗言惑众的小人比作青蝇。吴伟业此处化用了唐人陈子昂《宴胡楚真禁所》诗中"人生固有命,天道信无言。青蝇一相点,白璧遂成冤"之句。

你锒铛入狱、成为阶下囚,如同晴天霹雳。你虽然上书陈情,但欲证清白是何其艰难。山海关的那一端,千山(辽宁省之山)之径荒凉孤寂,难觅人踪。押送囚犯的衙役见此景象,也不免泪满衣襟。他们尚且担忧自己不能平安返回,身为流人的你,更能感受到不日埋骨他乡的恐惧与绝望吧。

尽管才是八月,龙沙中却已飘起漫天雪花。积雪之深,足以把驼腰和马耳淹没。从昔日战场走过,森森白骨令人不寒而栗。黑河中无舟楫可通,得渡者又有几人。前方有猛虎挡道,后方有苍兕(水中怪兽)掀舟,思之怎不令人忧愁。世上不乏像蝼蚁一样在洞穴中苟且偷生者。如山岳一样巨大的大鱼现形,难望其尾。它一张开鱼鳍就狂风呼啸,飞沫化作雨水四处飞散。太阳和月亮逆行,沉入东海中。白日相逢,往昔故旧已是人鬼相半。

这真是可悲之事啊。奉劝世人不要因为生了聪明的儿子而沾沾自喜。只是因为读书,你如今才历此千难万险。难怪仓颉造字时,鬼神要为之哭泣。请世人看看这位吴季子吧。

宋真宗在《劝学文》中云书中自有黄金屋、千钟粟、颜如玉,来奉劝大家发愤苦读,以科举及第立身扬名。然而吴兆骞满腹诗书却反而身陷囹圄,因为科举而备尝人世艰辛。诗中所云仓颉造字时鬼神为之哭泣指《淮南子·本经训》里"昔者仓颉作书而天雨粟鬼夜哭"的故事。"受患只从读书始"化用了苏轼《石苍舒醉墨堂》诗中"人生识字忧患始,姓名粗记可以休"之句。从因受科举事件牵连而被流放绝域的吴兆骞之遭际来看,该句诗可谓是至理之谈。

清初诗坛"江左三大家"之一的吴伟业(1609—1671),比吴兆骞年长二十余岁,两人夙有忘年之交谊。吴伟业《梅村集》卷十八有《送友人出塞》一诗,题下自注云:"吴兹受,松陵人。"可见吴伟业与吴兆骞之父吴晋锡(字兹受)为旧友。而吴兆骞自幼时始即为吴伟业所赏识,张贲《吴汉槎诗序》(《白云集》卷四)记载:"(吴兆骞)十二三岁时,发言吐词,一座尽惊,长老人人逊避。同人会于虎阜,与娄东吴学士即席唱和,学士嗟叹,以为弗及。"年岁稍长,他的才华也愈益出众,被吴伟业称许为"江左三凤凰"之一:"娄东吴梅村,斯世之纪纲。常与宾客言,江左三凤凰:阳羡有陈生,云间有彭郎,松陵吴兆骞,才若云锦翔。"(陈维崧《五哀诗·吴汉槎》)吴伟业于吴兆骞而言亦师亦友,两人时有唱酬之作,譬如吴兆骞诗集《秋笳集》卷七《茧虎》一诗题下有"追和梅村夫子"之注(梅村为吴伟业之号),紧接《虿虎》后是《鲞鹤》《蝉猴》,而《梅村集》中《虿虎》后也有这两首诗,可见这三首诗皆为和吴伟业而作。

身仕清廷而心怀明王朝的吴伟业,对于丁酉江南科场案中江南人士所受的苛酷处置,不免感到怒火中烧。他写作这首《悲歌赠吴季子》长诗,我们固然无法否认他有怜惜既是故人之子、又是自己素所相善和称赏之青年才俊被流放到苦寒边塞的个人感情因素在内;但尽管他并没有直接明言,诗歌背后显然也流露出对清政府暴行的强烈愤慨。在当时来说,此或可谓是响彻天壤的高声疾呼。

五、宁 古 塔

吴兆骞在受到朝廷处罚的翌年即顺治十六年(1659)闰三月,离开北京,一步步走向流放之地宁古塔。正如吴伟业诗中所描写,宁古塔确为气候严酷恶劣之地。与吴兆骞同在丁酉江南科场案中获罪而被流放至宁古塔的方拱乾在《宁古塔志》"天时"条中记载曰:

> 四时皆如冬。七月露,露冷而白如米汁。流露之数日即霜,霜则百卉皆萎。八月雪,其常也。一雪,地即冻,至来年三月方释。五六月如中华二三月。

其气候风土之萧瑟苦寒可见一斑。

虽然宁古塔是流放之地,但并不意味着被流放至

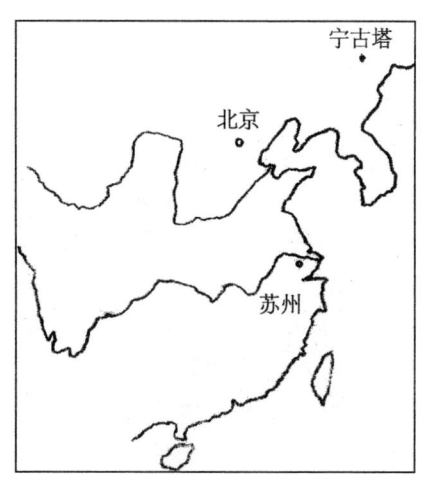

图 6-8 宁古塔之位置

此的人们被剥夺了行动自由,他们依然可以互相往来。吴兆骞在此地结诗社,与方拱乾、张缙彦等同被流放至塞外的诸多人士以诗唱酬。吴兆骞《秋笳集》卷三有《听高小乾话秦淮旧事作》一诗:

秦淮昔全盛,万户起江潮。灯火真珠舫,楼台碧玉箫。黄尘愁北徙,白首话南朝。历历升平事,天涯梦已遥。

昔日南京秦淮全盛之际,林立的亭台楼阁好似钱塘江之潮水。灯火辉映着饰有珍珠的流光溢彩的画舫,楼台上飘来悠扬的玉箫之声。然而如今却流徙至黄埃漫天的北疆,霜染双鬓,与友人同话南朝(南京为六朝故都,此处暗指明王朝)旧事。承平时代之往事犹历历在目,然而远在天涯,梦已然遥不可及。

他年轻时曾亲眼见证集江南地区文化之盛的南京秦淮的繁华与绮丽。科举考场江南贡院正是位于秦淮,因而秦淮必定留下了吴兆骞的足迹。而今他在漫天黄尘的宁古塔回忆起自己青春时的风华岁月,重话秦淮旧事。今昔天壤,这种心情该是何等凄凉。

吴兆骞就在塞外绝域宁古塔日复一日、年复一年地熬过每一个春秋。两年后的顺治十八年(1661),被一起流放至此地的方拱乾遇赦,归江南故里。仍在塞北苦捱时日的吴兆骞之心境,或许正如日本平安时代被流放到鬼界岛上的俊宽僧都吧。俊宽因参与策划打倒平家之事败露,与另外两名同伴一起被流放至鬼界岛。而不久后这两名同伴遇赦放还,留下俊宽一人在岛上孤苦度日。

六、友 人 之 援

方拱乾因其孙以私财修复北京城城门(阜成门),才获得特别赦免。吴兆骞则是因多位友人相援而终于脱离苦海。其中人们最为熟知的就是顾贞观与纳兰性德之援助。

康熙十五年(1676),无锡人氏顾贞观与纳兰性德结识。纳兰性德为《皇清经解》之编者,同时在词坛上也声名颇著。其父明珠为清朝大臣(大学士)。顾贞观与纳兰性德结识后,当即恳请他营救被流放至宁古塔的吴兆骞。然而纳兰并未将此事放在心上。是岁寒冬,顾贞观作《金缕曲》二首(见顾贞观《弹指词》卷下),寄与远在天涯的吴兆骞。该词有序云:"寄吴汉槎宁古塔,以词代书,丙辰冬寓京师千佛寺冰雪中作。"以下为词的正文部分:

图 6-9　顾贞观

　　季子平安否?便归来,平生万事,那堪回首。行路悠悠谁慰藉,母老家贫子幼。记不起、从前杯酒。魑魅搏人应见惯,总输他覆雨翻云手。冰与雪,周旋久。

　　泪痕莫滴牛衣透。数天涯,依然骨肉,几家能够?比似红颜多命薄,更不如、今还有。只绝塞、苦寒难受。廿载包胥承一诺,盼乌头马角终相救。置此札,君怀袖。

注释:

○季子:春秋时代吴国季札。此处指吴兆骞。吴兆骞姓吴,并与季札一样同为第四子。

○魑魅搏人:化用了杜甫《天末怀李白》诗中"文章憎命达,魑魅喜人过"之句。

○覆雨翻云手:语出杜甫《贫交行》:"翻手作云覆手雨,纷纷轻薄何须数。"

○冰与雪：双关语，一方面指实际的气候状况，一方面暗示了残酷的命运，同时也含有人情冷漠的意味。

○牛衣：典出《汉书·王章传》。牛衣为乱麻蓑草等给牛御寒之物，是贫穷的象征。贫穷的王章即使染病时也无被子覆体，只能以牛衣裹身，他以为自己将亡，遂与妻诀别。

○依然骨肉：据《归来草堂尺牍》所收吴兆骞《上父母书（二）》，后来吴兆骞的父母、兄弟、妻子等遇赦，没有去宁古塔。吴兆骞《念奴娇·家信至有感》记载其妻葛采真四年后主动追随他至塞北。联系后文"比似红颜多命薄，更不如、今还有"，此"依然骨肉"大意是赞扬葛氏能够不辞艰险前往塞北陪伴他，与之共患难。

○廿载包胥承一诺：包胥即申包胥，其事见《史记·伍子胥列传》。伍子胥谓申包胥曰"我必覆楚"，申包胥对曰："我必存之。"吴国攻楚之际，楚国依靠秦国援军，实现了这一预言。

○乌头马角：据《燕丹子》载，被秦国拘为人质的燕太子丹求归，遭秦王无理拒绝："乌头白、马生角，乃许耳。"此时，乌头变白，马生角。

○置此札，君怀袖：化用了《古诗十九首》之《孟冬寒气至》中"置书怀袖中，三岁字不灭"一句。

接下来看第二首：

> 我亦飘零久。十年来，深恩负尽，死生师友。宿昔齐名非忝窃，试看杜陵消瘦。曾不减、夜郎僝僽。薄命长辞知己别，问人生到此凄凉否？千万恨，为君剖。
>
> 兄生辛未吾丁丑。共些时，冰霜摧折，早衰蒲柳。词赋从今须少作，留取心魂相守。但愿得、河清人寿。归日急翻行戍稿，把空名料理传身后。言不尽，观顿首。

注释：

○杜陵消瘦：指杜甫思念被流放至夜郎、并有传闻云已遭不测离世的李白之情状。杜甫作有思念李白的《梦李白》等诗。

○薄命长辞知己别："薄命长辞"指顾贞观痛失爱妻。"知己别"指吴兆骞被流放至宁古塔一事。

○辛未、丁丑：这里辛未指崇祯四年(1631)，丁丑指崇祯十年(1637)。

○河清人寿：张衡《归田赋》："徒临川以羡鱼，俟河清乎未期。"六臣注："河清，喻明时。"据传说云黄河水每一千年澄清一次，"河清"代指政治清明，此处具体指有朝一日吴兆骞的冤屈得以平反。"人寿"即长寿，也就是希望他能活到洗刷冤屈的那一天。

○观顿首：顾贞观顿首。书信末尾的惯用语句。因顾贞观将此词作为书信寄给时在宁古塔的吴兆骞，故在末尾有是语。

纳兰性德读到此词，深为所动，誓在吴兆骞五十岁之前将他营救回来。纳兰亦作《金缕

图6-10 纳兰性德

曲》词,词中叙述了营救吴兆骞之决心。

该词写作五年后的康熙二十年(1681),吴兆骞五十一岁,终于得到了赦免的诏令。顺治十六年(1659)时他才二十九岁,已在北疆宁古塔度过了二十二个春秋。康熙二十二年(1682),他返回乡里,再见老母。吴兆骞生还归来后将书斋命名为"归来草堂"。这个斋号,可谓蕴含了他的万千心绪。此后他受聘为纳兰家的塾师,于康熙二十三年(1683)来到北京。人生的大半时光已在流放中消耗殆尽,他归来后本欲重振旗鼓有所作为,然而翌年就在北京染疾辞世。

吴兆骞之诗文集《秋笳集》由徐乾学于吴兆骞尚在宁古塔时的康熙十八年(1679)在江南刊行。该书之问世,或可谓是思念、支持吴兆骞的友人们万斛真心之结晶吧。

综观吴兆骞之一生,有不少斑斑血泪。然而友人们为他付出的舍身忘己之努力以及他们之间的笔墨交游,却一次次敲打着我们的心扉,让我们不由为之动容。

图 6-11 徐乾学

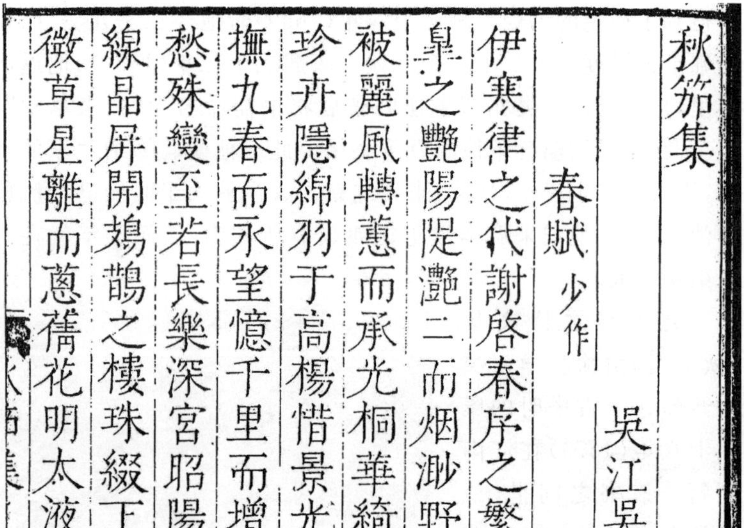
秋笳集

吳江吳兆騫漢槎氏著

春賦 少作

伊寒律之代謝啓春序之繁昌望山川之淑景舒亭
臯之艷陽隄灧〻而烟渺野萋〻而碧芳絲繞枝以
被麗風轉蕙而承光桐華綺岫蘭葉銀塘貽粉蝶于
珍卉隱綿羽于高楊惜景光之易邁念憂樂之無方
撫九春而永望憶千里而增傷故雖風物同候而歡
愁殊變至若長樂深宮昭陽別殿節徙百華晝餘六
線晶屏開鳷鵲之樓珠綴下鴛鴦之幔樹綺合而霏
微草星離而蔥蒨花明太液玄鳦初飛柳暗宜春流

图 6-12　《秋笳集》书影

本章参考文献

吴兆骞《秋笳集》,麻守中校点本,上海古籍出版社,1993年。
顾贞观《弹指词》,张秉戍笺注本,北京出版社,2000年。
吴伟业《梅村家藏稿》,《四部丛刊》所收。
李兴盛《江南才子塞北名人吴兆骞传》,黑龙江人民出版社,2000年。
李兴盛《江南才子塞北名人吴兆骞年谱》,黑龙江人民出版社,2000年。
李兴盛《江南才子塞北名人吴兆骞资料汇编》,黑龙江人民出版社,2000年。
何宗美《明末清初文人结社研究》,南开大学出版社,2003年。
叶君远《吴伟业评传》,首都师范大学出版社,1999年。
大木康《宣炉因缘》,《冒襄和影梅庵忆语》第二章,里仁书局,2013年。

第七章 市廛桃源

——宋荦《重修沧浪亭记》

古今中外之庭园，无不试图在有限的空间中营造出无限的理想世界。这个理想世界，正是庭园主人世界观的如实折射。依几何学原理构建的巴黎凡尔赛宫以及北京的紫禁城（故宫），皆可见出将空间纳于某种秩序并予以支配的意志。而倘若漫步于苏州的江南园林，你将会置身于一个与凡尔赛宫及紫禁城迥然有异的世界。来来往往的人们，在这些江南园林里小憩，洗去俗世风尘。俗话说，前人种树后人乘凉，为了将这些园林维持数代，需要付出大量精力。本章将围绕苏州的代表性名园之———沧浪亭的修复一事，窥测出清代初期的人们为其倾注心血之点滴。

一、苏州沧浪亭

园林是苏州的一张城市名片。如今纷至沓来的游客,徜徉于散落在市区的名园流连忘返。这些园林原本是富人建造的自家宅邸,然而无论是怎样盛极一时的名园,一旦其主人遭遇家道中落等变故,它就会被转卖给他人,或者渐渐沦为废墟,最终不留一丝影迹。中国文人的文集中,屡屡可见题为"××园记"之散文;但时至今日,这些庭园大多数只存在于凝固的文字中,人们已永不可再睹它们的绰约容颜。

反过来说,从前建造并留存至今的那些园林,其一砖一瓦、一草一木该饱含了悠久岁月中多少人的不懈努力。它们静默无言,却总是撩拨起我们遐思无限。

图 7-1　沧浪亭外景

在苏州城南,有一处名园——沧浪亭。它是苏州现存的最古老的园林,本为五代时吴越王钱氏家族所建的私人宅邸。随着江

图 7-2　苏舜钦

山易主,不久后它即成为废墟。北宋时,苏舜钦以四万钱将它买下,取名为"沧浪亭",并着手重建。苏舜钦(1008—1048),字子美,祖籍梓州铜山(四川),曾祖父徙居开封,因此他是北宋首都开封人。景祐元年(1034)他进士及第,此后入仕为官,可谓平步青云。然而不意后来遭到反对派的弹劾,他被革除原职,贬谪苏州。来到苏州的苏舜钦,遂重建沧浪亭,幽居其中,与诗书为伴。虽然后来他又恢复官籍,却在赴任前就辞世。苏舜钦撰有关于沧浪亭的《沧浪亭记》(《苏学士文集》卷十三)。园名中的"沧浪"一词,出自《孟子·离娄上》的"孺子之歌"及《楚辞·渔父》的"渔父之歌"。《渔父》讲述了楚国屈原因遭小人谗言而为朝廷流放,正当他在沼泽中彷徨四顾时,遇到了一位渔父。渔父劝屈原说,既然举世皆浊,你何不与之同浊?屈原答曰自己断不可如此。告别之时,渔父唱了以下这首歌:

　　沧浪之水清兮,可以濯吾缨;沧浪之水浊兮,可以濯吾足。

沧浪为河流之名,河水澄澈时,可以洁冠带;河水浑浊时,可以浣尘足。有一说认为这两句话的意思是当天下有道时,则被冠入仕;道之不行时,则浣足隐遁。苏舜钦根据这个故事而给园林取"沧浪"之名,表达了他不愿在浊世中同流合污、欲幽栖于此独醒独清之意愿。结合苏舜钦政治上坎坷不遇的人生经历,我们不难从"沧浪亭"之名中体味出他沉痛酸楚之心境。

南宋初年(公元12世纪),沧浪亭为韩世忠所得,易名"韩园"。后来它又几经变迁,至明代时,苏州著名文人文征明(1470—1559)亲书"沧浪亭"三字(此事载于本章将要解读的宋荦《重修沧浪亭记》中)。此外,归有光(1506—1571)《沧浪亭记》(《震川先生集》卷十五)有云:

> 浮图文瑛居大云庵,环水,即苏子美(苏舜钦)沧浪亭之地也。

由此可知在沧浪亭营建五百年后的16世纪,即明代后期时,虽然人们未尝忘记它的所在位置,但它却已然变为一座寺院了。

二、宋荦之修复

正式修复沧浪亭的,是清代初期康熙年间任江苏巡抚的宋

图7-3 巡抚衙门遗址(位于沧浪亭西北书院巷中)

荦。接下来要解读的是他的《重修沧浪亭记》(《西陂类稿》卷二十六)。

予来抚吴且四年。蕲与吏民相恬以无事,而吏民亦安。予之简拙,事以寖少,故虽处剧而不烦。暇日披图乘,得苏子美沧浪亭遗址于郡学东偏,距使院仅一里而近。间过之,则野水潆洄,巨石颓仆,小山蘩翳于荒烟蔓草间,人迹罕至。予于是亟谋修复。

注释:
○予来抚吴:宋荦于康熙三十一年(1692)到任江苏巡抚。
○蕲:求。
○图乘:地图与史书。
○郡学:苏州府学。
○使院:苏州巡抚之衙署。关于苏州府学、苏州巡抚衙署及沧浪亭之位置关系,可参光绪《苏州府志》所收地图(图7-4)。

开头一段记述了修复沧浪亭之因缘。宋荦任苏州巡抚时,于繁冗公务之余翻阅古地图,得知自己衙署附近即是沧浪亭故址。他过而视之,却只见"野水潆洄,巨石颓仆",它然沦为一片废墟。宋荦遂谋修复之。

三、浓密的人文空间

构亭于山之巅,得文衡山隶书"沧浪亭"三字,揭诸楣,复旧观也。亭虚敞而临高,城外西南诸峰,苍翠吐欲。檐际亭旁,老树数株,离立挐攫,似是百年以前物。循北麓稍折而东,构小轩,曰"自胜",取子美记中语也。迤西十余步,得平地,为屋三楹,前亘土冈,后环清溪。颜曰"观鱼处",因子美诗而名也。跨溪横略彴以通游屐。溪外菜畦,民居相错如绣。亭之南,石磴陂陀,栏楯曲折,翼以修廊,颜曰"步碕"。从廊门出,有堂翼然,祠子美木主其中,而榜其门曰"苏公祠",则仍旧屋而新之。

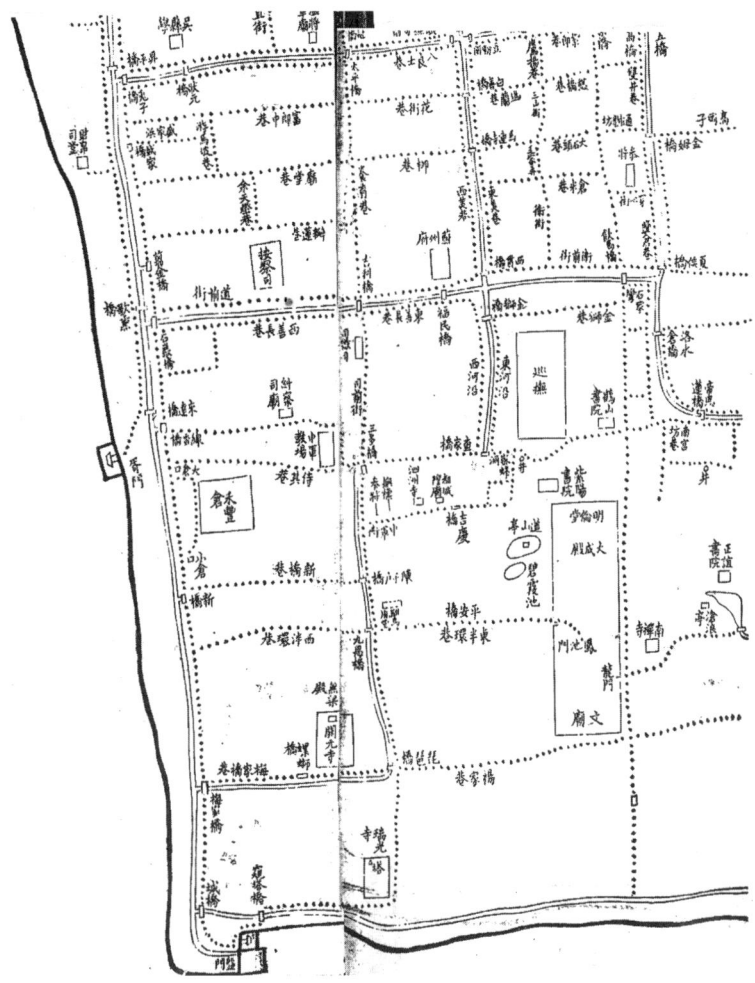

图 7-4　沧浪亭之位置(据光绪《苏州府志》之《苏州城西南角图》。由此可确认文庙、巡抚衙门与沧浪亭之位置)

图 7-5　观鱼处（荒木达雄摄）

注释：

　　○城外西南诸峰：指苏州西南隅临太湖的穹窿山、灵岩山等。

　　○离立：《礼记·曲礼上》："离坐离立，毋往参焉。"其注云："离，两也。"并立之意。

　　○略彴：《汉书》颜师古注："榷者，步渡桥，《尔雅》谓之石杠，今之略彴是也。"小木桥。

　　○陂陀：又作"陂陁"，倾斜不平貌。《史记·司马相如列传》："登陂陁之长阪兮，坌入曾宫之嵯峨。"

　　○翼然：欧阳修《醉翁亭记》："峰回路转，有亭翼然临于泉上者，醉翁亭也。"指屋脊如鸟展翅般宽广舒展。

　　该段记述了宋荦修复工作的具体成果。他建一小轩——自胜轩。其名"自胜"，正如他文中所云，取意于苏舜钦的《沧浪亭记》：

惟仕宦溺人为至深。古之才哲君子,有一失而至于死者,多矣。是未知所以自胜之道。

"自胜"的原始出典在《老子》:"胜人者有力,自胜者强。"《沧浪亭记》中的这段话,许是历尽宦海沉浮的苏舜钦人生体验之吐露吧。而对于当时的宋荦而言,他全然不知命运之舟会将自己带往何方,"自胜"之名蕴含有自我警戒的意味。

"观鱼处"之名亦取意于苏舜钦的作品。《苏学士文集》卷八有《沧浪观鱼》一诗:

瑟瑟清波见戏鳞,浮沉追逐巧相亲。我嗟不及群鱼乐,虚作人间半世人。

"瑟瑟"为碧绿貌。清澈的碧波间,鱼儿自在嬉戏。它们时而浮出水面时而沉入水底,相互追逐着,甚为亲昵。鱼犹如此,而自己寄身于世,半世蹉跎,宛如梦幻。生而为人,竟然不及群鱼快乐。

图 7-6　步碕

宋荦许是对苏舜钦这首诗歌深有共鸣，故在水涯设"观鱼处"。当然在苏舜钦之诗中，其观鱼之场所并非特定。宋荦在修复沧浪亭时，为苏舜钦建了祠堂，并设置了"自胜轩"、"观鱼处"等与苏舜钦诗文有关的景点，这些景点皆是为了彰显苏舜钦而新建的。"步碕"之名亦是据苏舜钦《沧浪亭记》中"构亭北碕"一句而来。

图 7-7　沧浪亭（沧浪亭之四周遍是老树，枝繁叶茂）

苏舜钦因追慕屈原而将亭取名"沧浪"，宋荦又因怀想苏舜钦而将之修复。园内那些景点据一个个耐人寻味的故事而命名，各景点及其背后的故事之间珠联璧合、丝丝入扣。置身此地此景，过去的那些人、过去的那些事总令人浮想联翩。庭院深深深几许，纷扰市廛中的这片桃花源，形成了浓密的人文空间。

四、宋荦心声

予暇辄往游,杖履独来,野老接席,鸥鸟不惊。胸次浩浩焉、落落焉,若游于方之外者。或者疑游览足以废政,愚不谓然。夫人日处尘坌,困于簿书之徽纆,神烦虑滞,事物杂投于吾前,憧然莫辨。去而休乎清冷之域、寥廓之表,则耳目若益而旷、志气若益而清。然后事至而能应,物触而不乱。

注释:

○野老接席,鸥鸟不惊:"野老接席"指庶民身份的老人与自己同坐一席,典出《列子·黄帝》。老子与杨朱偶然相遇,老子教导他说须改掉倨傲的毛病,杨朱听闻后自我反省,不再傲慢无礼。于是以前毕恭毕敬给杨朱让座的乡间野老,争相与之同席。此处用这个典故,反映出宋荦忘记自己的官员身份,与庶民同乐的形象。"鸥鸟不惊"亦出自《列子·黄帝》中的典故,据载海边有一好鸥鸟之人,每日至海上与鸥鸟同游,鸥鸟对其毫无惊恐戒备之心。某日其父令其捕一鸟,他遂至海上,然鸥鸟不复下矣。这里"鸥鸟不惊"一语表达了前往游赏沧浪亭的宋荦内心澄澈无邪念之意。王维《积雨辋川庄作》:"野老与人争席罢,海鸥何事更相疑。"

○徽纆:即绳索。代指束缚。

前段客观记述了关于沧浪亭的修复情况。与之相对,本段则以宋荦自己的心境为着墨之中心。文中云有人责问他在政务闲暇之际前来游园是否有废政之嫌,此或许是宋荦借他人之口而表达自己内心的疑虑,他多少会对自己"不务正业"感到内疚吧!然而他又曰"休乎清冷之域、寥廓之表,则耳目若益而旷、志气若益而清。然后事至而能应,物触而不乱",在沧浪亭的片刻小憩,足以涤尘去垢,还耳目心志以清洁舒缓。他认为适当的休息有助于提高工作效率。

图7-8 王阳明

常诵王阳明先生诗曰:"中丞不解了公事,到处看山复寻寺。"先生岂不了公事者。其看山寻寺,所以逸其神明,使不疲于屡照。故能决大疑、定大事,而从容暇豫如无事。然以予之驽拙,何敢望先生百一,而愚窃有慕乎此。然则斯亭也,仅以供游览欤?

注释:

○王阳明先生诗:指《王文成公全书外集》卷二十《重游开元寺戏题壁》之开头二句。中丞即巡抚。王阳明作此诗时为巡抚,而宋荦写这篇文章时也恰在巡抚任上。

○不疲于屡照:《世说新语·言语》载衷乔之语曰:"何尝见明镜疲于屡照,清流惮于惠风。"镜子无论映照多少东西,都不知疲倦。

该段引用王阳明之诗句证明前段表述的观点。王阳明任巡抚时所作诗中亦有"到处看山复寻寺"之语,终朝忙于政务的他以看山寻寺来舒展身心。自己虽没有像任南赣巡抚、平定宁王宸濠之乱的王阳明那样的雄才大略,然对山水胜景同样心驰神往,故于暇日至沧浪亭寻幽。

五、守护庭园之努力

亭废且百年,一旦复之,主守有僧,饭僧有田,自是度可数十

第七章 市廛桃源 167

图 7-9 宋荦《重修沧浪亭记》碑

年不废。嗟乎，当官传舍耳。予有时而去，而斯亭亡恙，后之来者，登斯亭，岂无有与余同其乐，而谋所以永之者欤？子美事详《宋史》，与兹亭之屡兴废，宜别有记者，皆不书。经始以乙亥八月，落成以明年二月，买僧田七十亩有奇，并著之碑阴，令后有考。

注释：

○传舍：古时供行人休息住宿的旅舍。旅舍自身定止不动，而投宿的人们来来往往、不停地变化更迭。官职与官员之关系，就好比旅舍与行人。

○子美事详《宋史》：苏舜钦传记，见于《宋史》卷四四二。

○经始：指建筑之动工。语出《诗经・大雅・灵台》。

沧浪亭之修复当然必须耗费财力物力，但使这座荒废已久的园林重焕新颜，并非出自一己私欲，而是为了能给将来到苏州任职的官员提供一方慰藉心灵的净土。因此，他期望将来的官员能将这场保护修复庭园的接力一代代传递下去。

如开篇所述，正是因为之前无人维持，庭园才沦为废墟。宋

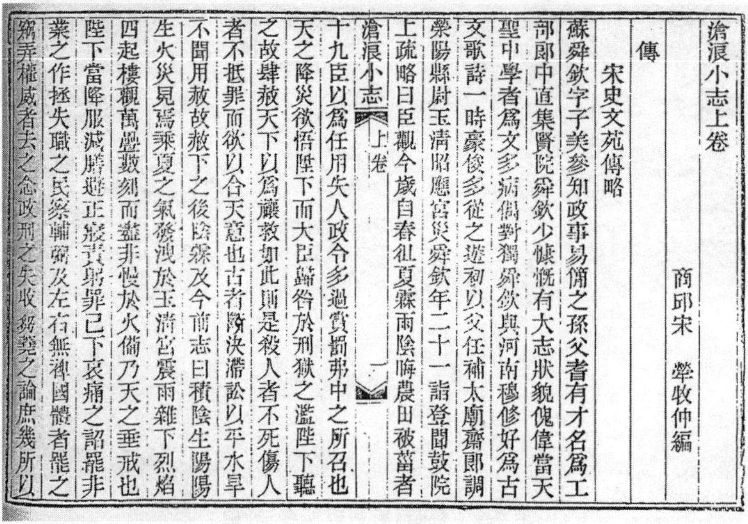
滄浪小志上卷
商邱宋　犖牧仲編
傳
宋史文苑傳略
蘇舜欽字子美參知政事易簡之孫父耆有才名爲工部郎中直集賢院舜欽少慷慨有大志狀貌傀偉當天聖中學者爲文多病偶對獨舜欽與河南穆修好爲古文歌詩一時豪俊多從之遊初以父任補太廟齋郎調滎陽縣尉玉清昭應宮災舜欽年二十一詣登聞鼓院上疏略曰臣覩今歲自春徂夏霖雨陰晦農田被葘者
滄浪小志　上卷　一
十九臣以爲任用失人政令多過賞罰弗中之所召也天之降災欲悟陛下而大臣歸咎於刑獄之濫陛下聽之故肆赦天下以爲禳救如此則是殺人者不死傷人者不抵罪而欲以合天意也古者陰決滯訟以平水旱不聞用赦故赦下之後陰霖及今前志曰積陰生陽陽生火災見焉乘夏之氣發洩於玉清宮震雨雜下烈焰四起樓觀萬疊數刻而盡非慢於火備乃天之垂戒也陛下當降服減膳避正殿責躬罪已下哀痛之詔罷非業之作拯失職之民察輔弼及左右無裨國體者罷之竊弄權威者去之念政刑之失收 務囏之論庶幾所以

图 7-10　《沧浪小志》书影

荦为了避免沧浪亭再蹈此覆辙,故着手打理,即俾人守护之,又置田以饭守护之人。田中所产,悉用于沧浪亭之维持管理。文中云守护沧浪亭的为僧人,这或许是因为如归有光文章所记载,明代当时沧浪亭已变为寺庙,故宋荦嘱托邻近寺院的僧侣担当此任。

最后,宋荦提及关于沧浪亭之兴废,宜另外作记。宋荦曾集苏舜钦之传记、历代文人墨客题咏沧浪亭之诗文以及自己与友人们歌咏沧浪亭的相关作品,编为《沧浪小志》二卷。"宜别有记者"或许即指编纂此书。

六、仕途骄子——作者宋荦

接下来看该文之作者宋荦的生平与行履。宋荦,字牧仲,号绵津山人,河南商丘人。顺治四年(1647)他十四岁时,以大臣之子身份而任侍卫;翌年通过考核,转任通判。此后他屡屡升迁,康熙三十一年(1692)被擢为江苏巡抚,最后官至吏部尚书,可谓是清代官场上精英中的精英。身居要职的他,在文中叙述了政务之疲累。于他而言,沧浪亭确实如火云界的一泓清泉。

经整修后的沧浪亭之佳致胜景,四时中仪态万千,撩拨着宋荦的心弦。因着这种眷恋,他的诗文集《西陂类稿》卷十四、十五、十七中,收录了自己在苏州

图 7-11 宋荦

时所作之诗，并冠以"沧浪亭诗"之名。其第一首为卷十四开头收录的他步欧阳修《沧浪亭》一诗之韵而作的长诗，以下为该诗之最后部分：

  观鱼处敞俨对镜，自胜轩小疑乘船。隔城山色落衣袂，步碕矫首聊迟延。回廊略徇纷点缀，管领风月凌平泉。山僧野老共登眺，央央旗旐却勿前。官热心冷每自笑，山林痼疾良难瘳。左司文章久避席，白傅游宴或比肩。绵津沧浪忽对举，西堂意厚语则偏。吴人好事更好我，任教画作屏风传。

注释：
○山色落衣袂：指山色映照于衣装之上。
○矫首聊迟延：登步碕之石阶时，暂时小立休憩，悠然昂首远眺。"矫首"语出陶渊明《归去来辞》"策扶老以流憩，时矫首而遐观"。
○平泉：平泉庄。位于洛阳郊外，为唐代李德裕之别业。
○央央旗旐：央央为鲜明貌。旗旐即旗。
○山林痼疾：白居易《草堂记》："其喜山水，病癖如此。"
○左司文章：左司即左司郎中，这里指唐代韦应物。韦应物曾以左司郎中任苏州刺史。
○避席：从坐席上起立，以表对对方之尊敬。
○白傅游宴：白居易曾官太子少傅，世人因称"白太傅"或"白傅"。其《白氏长庆集》中有《早夏游宴》、《对酒劝令公开春游宴》等诗。
○绵津：绵津山人，宋荦之号。
○西堂：即尤侗，苏州文人。宋荦编《沧浪小志》下卷所收尤侗《宋漫堂中丞重修沧浪亭和欧阳公韵纪事》中有"寄谢使君真好事，绵津当与沧浪传"之句。

  该诗之内容与《重修沧浪亭记》多有重复。其大意是：自观鱼处放眼远眺，美景尽收眼底，恍若明镜映照万物；自胜轩小巧玲珑，

图 7-12 《沧浪亭图》(据《沧浪小志》)

令人如觉身在舟中。隔着喧嚣闹市，苍翠山色沾染了飘飘衣袂；拾步硚之石级而上，小立片刻，昂首看天际云卷云舒。回廊、小木桥三三两两地点缀其间，人生之乐，莫过于此清风朗月。耳得之而为声、目遇之而成色，个中雅趣，又岂是李德裕之平泉庄所能企及。我与山僧、野老一同寻幽访胜，招展的旗子也停滞不前。身在宦海，俗务纷杂，然内心始终冷静清明。自己的山林之癖若痼疾般难以治愈，真是不可思议。我常常醉心于雅爱山水的韦应物之诗篇中，对水光山色的钟情庶几可与白居易游宴之好比肩。西堂（尤侗）之赠诗，突然把"绵津"（指宋荦自己）与"沧浪"对举，可见西堂情谊之深厚。吴地乡民热情好客，对自己亦甚为喜爱，将沧浪亭之风景绘于屏风赠送予我。

诗中提及白居易园林之游宴，是因为沧浪亭于宋荦而言亦是宴集之所，《西陂类稿》之"沧浪亭诗"中收录了不少唱和之作，其中包括朱彝尊、王士禛等人的作品。由此不难想见当时沧浪亭中觥筹交错、诗酒风流之盛况。这座庭园，也扮演着文人雅集场所的角色。

据宋荦《重修沧浪亭记》，他在重修沧浪亭之时，置僧田七十亩，得以维持庭园数十年之用度。从其后的情况来看，早在康熙五十八年（1719），吴存礼作《重修沧浪亭记》，并对之进行修复；后又有道光七年（1827）梁章钜《重修沧浪亭记》、同治十二年（1873）张树声《重修沧浪亭记》以及民国十七年（1928）颜文梁之同类文章。吴存礼、梁章钜、张树声皆为该地巡抚，沧浪亭之修复似乎成了巡抚之专责。这些重修记文的诞生，表明了沧浪亭在岁月流逝中屡遭自然或人为的摧残，从而不得不对其进行修复。其中同治年间的重修为修复太平天国之破坏。新中国成立后，1953年有过一次修缮；"文革"后，1983年又进行了重修，即今日我们所见之样貌。沧浪亭屡屡重修，可见它不时遭遇种种破坏。

七、与沧浪亭比邻而居

清代乾隆年间,诞生了一部"忆语体"作品——《浮生六记》。它是苏州文人沈复以对亡妻之追忆而缀写成的回忆录。沈复之家与沧浪亭毗邻,《浮生六记》中,不时可见与沧浪亭有关之记述。因事外出而与爱妻芸别离多时的沈复,归家后同爱妻在沧浪亭尽情享受清凉的二人世界:

> 时当六月,内室炎蒸,幸居沧浪亭爱莲居西间壁,板桥内一轩临流,名曰"我取",取"清斯濯缨,浊斯濯足"意也。檐前老树一株,浓荫覆窗,人画俱绿。隔岸游人往来不绝。此吾父稼夫公垂帘宴客处也。禀命吾母,携芸消夏于此。因暑罢绣,终日伴余课书论古、品月评花而已。芸不善饮,强之可三杯,教以射覆为令。自以为人间之乐,无过于此矣。

图 7-13　沧浪亭之莲池(不知《浮生六记》作者沈复之家是否就在此处。昔日沧浪亭之爱莲居一带,现已变为莲池)

的确,此世外桃源中之清韵雅趣胜却人间无数。"我取轩"之命名,乃据沧浪歌之出处——《孟子·离娄上》中水清可濯缨、水浊可濯足,而水"自取"之典故而来。

倘若沧浪亭所历数百年风雨可撰成一部史册,那么这部史册中不仅铭刻着宋代苏舜钦、清代宋荦等创建或修复、维持它的人的名字,也沉淀了《浮生六记》之作者沈复及其爱妻芸等诸多到此地游赏者的深情回忆。

八、沧浪亭一日

沧浪亭吸引了我的脚步。从苏州火车站乘出租车,沿着南北走向的熙熙攘攘的人民路南下,很快就到了苏州旧城南界附近。右手边赫然映入眼帘的是文庙的大红色屏壁,而沧浪亭就伫立在与人民路相隔的文庙之对面一侧。文庙居西,沧浪亭居东。面对着人民路,则可见题有"沧浪胜迹"四字的石坊。从石坊放眼望

图 7-14 文庙

去,沧浪碧波如镜。与石坊毗邻的是莲池,《浮生六记》之作者沈复的家,就在这"沧浪亭爱莲居西间壁,板桥内一轩临流"之处。沧浪亭之西侧,殆即旧时沈复居住之地。时隔二百余年,此同一地点有同样之莲池。

图 7-15　苏州中学(文庙北侧为名校苏州中学。据云其历史可追溯至北宋范仲淹,校舍前立有范仲淹塑像。明清时不少苏州文人从这里走出,近代叶圣陶、顾颉刚、顾廷龙等人亦曾求学于此)

沿着从人民路向东延伸的沧浪亭街步行约百米,走过一座石桥,即到了沧浪亭之入口。穿过入口,在沧浪之水的一方可望见沧浪亭。树木蓊蓊郁郁、葱翠欲滴,水涯可见"观鱼处"。在此一侧,杨柳依依,拂堤蘸水;人们悠然垂钓,气定神闲。沧浪亭东侧水堤,耸立着与周遭风景略欠谐调的以圆柱为支撑的希腊风格的建筑物。这是颜文梁纪念馆。它是在 1930 年于此处设立的苏州美术专科学校之旧迹上建立起来的。颜文梁(1893—1988)为苏州籍的著名西洋画家,亦是该学校的创立者之一。

图7-16 "沧浪亭"石坊(其上题有"沧浪胜迹"四字。荒木达雄摄)

图7-17 沧浪亭入口

图 7-18　颜文梁纪念馆（荒木达雄摄）

图 7-19　一枚枚修剪山茶叶子的工作人员（由此可见沧浪亭维持管理之细致周全）

走过石桥,即进入沧浪亭中,门票二十元。一入庭园,首先看到的是镌刻着"世界文化遗产"字样的铜板。沧浪亭与拙政园、狮子林、留园并称为苏州四大园林,被载入世界文化遗产名录。虽然不知它的维持管理需要耗费多少财力人力,但可以想见倘若没有巨大的付出,它或许早已沦为一片废墟。漫步园内,偶然瞥见工作人员正一枚枚地仔细修剪盆栽的山茶花之叶,由此不难看出今日对于沧浪亭的悉心维持管理。

进入大门往左拐弯,立着一块高两米有余的巨大石碑。碑上所刻,正是宋荦的《重修沧浪亭记》。其末尾,镌有"康熙三十五年岁次丙子中春总理粮储提督军务巡抚江宁等处地方都察院右副都御史加三级商丘宋荦记"之文字;左下一隅,则以小字刻着"命男至书"字样。可知该石碑上的文字,是宋荦嘱儿子书写的。

图 7-20　重修沧浪亭碑(左侧墙壁上,镶嵌有翌年宋荦追加的其他捐赠物目录的石刻)

《重修沧浪亭记》中有云:"买僧田七十亩有奇,并著之碑阴,令后有考。"转至碑阴,其上所刻文字现今已几乎磨灭殆尽不可判读,然而据残迹来看,以前确乎刻有文字,"三十五丘田六亩一分六厘"、"三十六丘田六亩五分"等这些记载田地位置与面积的斑驳文字尚可依稀辨认。现今已在石碑外围罩了玻璃加以保护。碑阴似未能经受得住三百年风霜雨雪的侵蚀。

石碑对面左侧墙壁上,镶嵌着一方饶有趣味的石刻。其开头为"江宁巡抚都察院加三级宋 捐奉续置沧浪亭田数并基地各数",末尾记有"三十六年三月"之日期。此为宋荦作《重修沧浪亭记》之翌年,追加的用以维持管理沧浪亭的田地及其他捐赠物之目录。例如其中有如下一条:

一、续置田一十九亩四分三厘六毫内

买许干一半十九都副扇地字一图芜字圩一百五丘三斗七升五合,则田七亩五分一厘一毫,用价银五十五两三钱,岁该租米一十二石一斗六升

买许干一半十九都副扇地字一图芜字圩一百六丘三斗七升五合,则田一十亩六分二厘五毫,又五升荡一亩三分,用价银九十两,岁该租米一十八石三斗四升

这是宋荦以一百四十五两三钱的价格购入了苏州长洲县十九都的两处土地,决定将地里出产之稻米用作沧浪亭之维持管理。该条以下又记录了购买沧浪亭周边之土地,以冀扩大庭园范围。宋荦《重修沧浪亭记》所记的用以维持管理的置产确实刻于此碑上。此外,宋荦之后历任巡抚所作的《重修沧浪亭记》亦皆被刻于石上。

看完石碑,我终于来到了沧浪亭。它位于一处低矮的小山丘上。宋荦曾这样描摹它的风姿:

亭虚敞而临高,城外西南诸峰,苍翠吐欲。檐际亭旁,老树数株,离立擎攫,似是百年以前物。

而今的沧浪亭四周，巨树参天拔地，昔日风貌犹在目前。沧浪亭是一座以石砌成的宏伟亭台，其中设有石桌石椅，伫立其间，可望见沧浪的潋滟波光。西侧不远处即是苏州的繁华街道人民路，人来车往，络绎不绝。水的对面是居民区，人们在柴米油盐中迎接和送走每一天的晨曦与晚霞。然而坐在此处，周遭宁谧，仿佛与人间烟火隔绝了一般，正如宋荦所云，可洗去一身碌碌风尘。我在这里小憩片时，日本的繁忙生活几乎从脑海中消失，唯余眼前的满目秀色。

图 7-21　沧浪亭览胜（荒木达雄摄）

宋荦曾在文中将从沧浪亭眺望的美景定格为"城外西南诸峰，苍翠吐欲"，然而时隔三百余年，纵目远眺，此番景致已不可复寻。现在的沧浪亭，西南隅建有看山楼，其地势比沧浪亭略高。然而即使从看山楼放眼而望，所见者亦不过是附近钢筋水泥之丛林。时过境迁，山河风月本无常主，纵是千般旖旎，也终究难敌它似水流年。

宋荦为苏舜钦所建祠堂今亦不复觅得，取而代之的是五百名贤祠，用以纪念与苏州有关联的五百贤达。苏舜钦亦位列其间。

图 7-22　康熙帝御题诗碑

沧浪亭西侧，有一回廊环抱着小池，此即宋荦文章中所记之步碕。步碕一隅有康熙帝御题诗碑。宋荦在任江苏巡抚期间，康熙帝曾于康熙三十八年（1699）、康熙四十二年（1703）、康熙四十四年（1705）三度南巡来到苏州，宋荦担任接待工作。然而光绪《苏州府志》之"巡幸"条中并未记录康熙帝此际寻访沧浪亭之事。不知宋荦是否在沧浪亭中设了密室，康熙帝避过众人耳目匿身其间。康熙帝御题诗作，由宋荦之后任巡抚吴存礼刻于石碑。

乾隆帝亦雅爱江南山水，曾先后六次南巡，其中有四次皆到访苏州名胜沧浪亭。乾隆帝南巡之记录《南巡盛典》中收录了"沧浪亭图"，想必当时无论是皇帝还是随从官僚，皆疲于平日政务，憧憬着在沧浪亭的休憩。然而对于乾隆帝而言，沧浪亭并不仅仅是一处优游之所。漾漾沧浪水，勾起了他对屈原节义之追忆，因

而他第六次南巡之际在沧浪亭作了下面这首诗:

> 沧浪亭是延宾所,点缀湖山其水清。大法小廉应视此,憩于此者合循名。

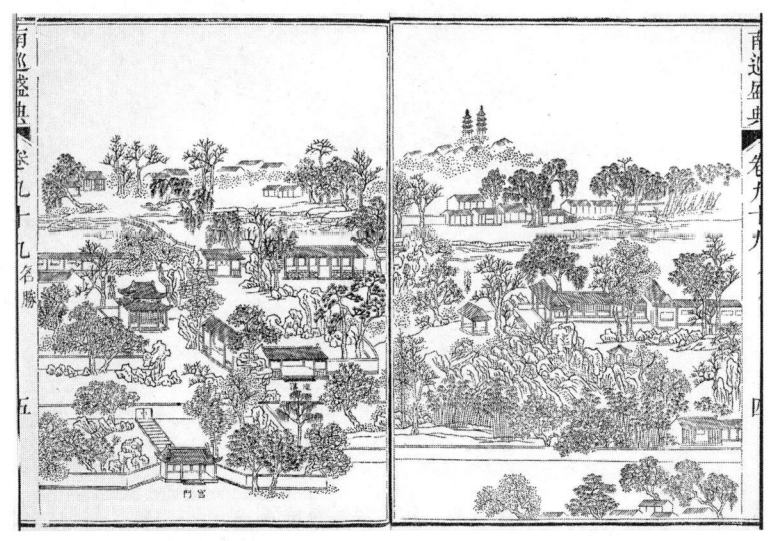

图 7-23 《南巡盛典》(卷九十九收录有"沧浪亭图")

"大法小廉"典出《礼记·礼运》,意谓大臣应法、小臣应廉。此诗大意是说这里的诸位驻足者,应像"沧浪"之名一般,清廉为政。这实际上是一种说教。一样的沧浪亭,却在不同人的眼中映现出不一样的风景。

我又回到沧浪亭,思绪纷然。这里曾留下多少人的足迹,一千年前的苏舜钦、三百年前的宋荦,以及康熙帝、乾隆帝……纵使光阴流转,仍可依稀在此古迹中想象回味出他们影影绰绰的面容。树影婆娑,斑斑驳驳,历史与现实重叠交织,竟令人看不分明。我依依不舍地起身,渡过来时的石桥,从这座桃源再度回到熙攘尘世。

本章参考文献

宋荦《西陂类稿》,《历代画家诗文集》所收,台湾学生书局,1973年。

苏舜钦《苏学士文集》,《四部丛刊》所收。

周苏宁《沧浪亭》,《苏州文库》所收,古吴轩出版社,1998年。

《苏州沧浪亭》,百花洲文艺出版社,2004年。

邵忠、李瑾选编《苏州历代名园记 苏州园林重修记》,中国林业出版社,2004年。

陈从周、蒋启霆选编,赵厚均注释《园综》,同济大学出版社,2004年。

第八章 赴考之旅

——林伯桐《公车见闻录》

自隋代开科取士以来，中国旧时的读书人，从幼年开始即为了科举考试而悬梁刺股，明清时代的人亦不例外。科举的第一关是家乡学校的入学考试童试。如果考试通过，那么接下来就参加在全国十个大城市举行的乡试；乡试合格者，便赴都城北京参加会试、殿试。及第者为进士，具有为官资格，待赴任地方之诏。倘若要以一二语简单概括明清士人之一生，那么或可谓是往都城北京之旅，然后又从北京往各地之旅吧。士人在某种意义上说即是"旅人"。他们的整个生涯中，有相当漫长的时间是在旅途中度过。然而遗憾的是，现今可还原他们当时旅途之具体状况的材料留存甚少。本章将要解读的清代中期广东人氏林伯桐从广东至北京参加科举考试途中见闻感受之记录——《公车见闻录》，即是这些为数不多的存世珍贵资料之一。当时举子的赴考之旅，会经历哪些酸甜苦辣？

一、诗 人 之 旅

首先来看两张图——唐代诗人杜甫与宋代诗人苏轼的生平行迹图。中国幅员辽阔,且过去的交通便捷程度远不如现在,但他们的行踪所至,范围相当广泛。这一状况并不仅此二位诗人所独有。不少身兼官僚之职的中国诗人,亦皆可同样被视作辛苦奔波的旅人,天南海北都留下了他们的足迹。

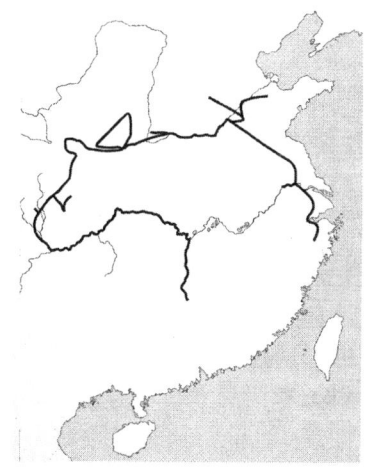 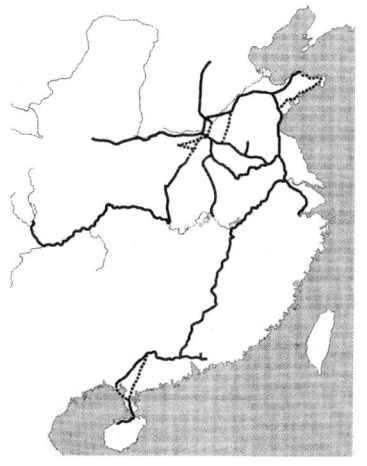

图 8-1　杜甫行迹图(据石川忠久《NHK 阅读汉诗　杜甫》之《杜甫关系地图》作成)

图 8-2　苏轼行迹图(据前野直彬编《宋诗鉴赏辞典》之《苏轼行迹图》作成)

然而如此详尽的行迹图——尤其是那些已与我们时隔千年的诗人之杖屦所至——是如何描绘出来的呢?这可能会令不少人感到不可思议。但是只要花费些工夫,相关的资料并不难找。他们的诗集本身即是最佳的材料。中国的诗人,每至名胜佳迹,必会赋诗抒怀。松浦友久《汉诗——美之所在》（Ⅳ）之《诗迹（歌枕）之旅——名诗的故乡》（岩波新书，2002年）中，指出中国那些通常会引发诗兴的名胜几乎是固定的，他将它们称作"诗迹"，就是作诗的一种名迹。在中国，这样的诗迹有很多。千百年以来，随着历代难以胜数的诗人为之所赋诗篇的累积，它们作为诗迹之地位也逐渐稳固。比如说三国的古战场赤壁，过去的诗人到那里都会为之作诗，所以现在留存了很多诗人作的有关赤壁的诗。中国的诗人一般来讲是在现场作诗的，自己身在别的地方，比如说不在赤壁而作赤壁的诗，这样的情况比较少。这对中国人来讲可能是很自然而然的事，没有什么特别的；但是从日本文学的角度，其实日本的诗人，特别是平安时代的歌人（即日本作和歌的诗人），他们的情况跟中国诗人有非常明显的差异。日本平安朝的歌人大多是当时的贵族，基本上都住在京都。他们连当地方官的时候也不一定是亲自到任地去，而往往是派遣自己的代理去处理事务，所以亲自去京都以外的地方的机会是非常少的。但是日本的和歌有不少是歌咏日本全国各地的名胜古迹的。这种歌人们作和歌时想象中的名胜古迹，就叫做"歌枕"。所以，日本的歌人是身在京都、想象很遥远的地方的名胜古迹来作诗的。而一般而言，中国的诗人们多会置身于现地才咏诗，为那些自己并未亲临、仅是想象中的名胜作诗的情况是极为鲜见的。这正是中国"诗迹"与日本"歌枕"的相异之处。

中国的诗人因为大多同时是官僚，必须亲自去任地，所以他们可以说是"旅行的人"或"移动的人"，大多时候都身在旅途。那么他们旅行的相关资料留存于何处呢？（一）首先是今日所谓的诗歌别集、总集以及地方志。根据某位诗人别集中出现的地名，可大致考索出他的足迹。此外，诗歌总集中亦有按诗迹而荟萃成编者。例如《秦淮诗钞》就收录了众多诗人关于南京秦淮的诗作，翻阅此书，历代吟咏秦淮的诗篇便一目了然。地方志中，例如《西湖志》四十八卷之第三十一卷至第四十二卷为"艺文"，据此，历代

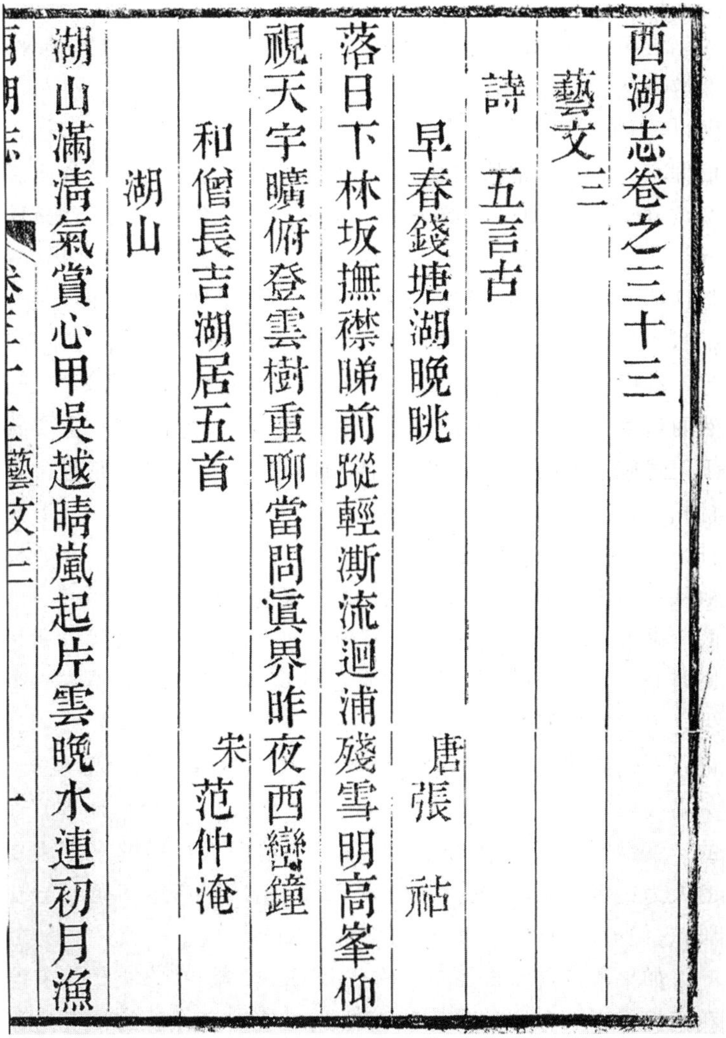
西湖志卷之三十三
藝文三
詩　五言古
早春錢塘湖晚眺　唐　張祜
落日下林坂撫襟睇前蹤輕澌流迴浦殘雪明高峯仰
視天宇曠俯登雲樹重聊當問眞界昨夜西巒鐘
和僧長吉湖居五首　宋　范仲淹
湖山
湖山滿清氣賞心甲吳越晴嵐起片雲晚水連初月漁
西湖志　卷三十三　藝文三　一

图 8-3　《西湖志》书影(卷三十三“艺文三”。
收录了题咏西湖的五言古诗)

诗人们在西湖所作诗歌即基本上一览无遗。(二)其次是游记。关于游记,劳亦安将古往今来文人所作游记按地点整理,编为《古今游记丛钞》全六册(台湾中华书局,1961年)。如此大型丛书之问世,不难看出历代游记数量之宏富。这些游记中,与道教、山岳信仰有关的名山记所占比例很大。(三)旅行记。游记为单篇的文章,而旅行记则是一部书籍。在中国传统的图书分类法"四部分类"中,被归入"史部·地理类·游记纪程路程总记之属"的即是这些书籍。名家名作有宋代范成大之《吴船录》、陆游之《入蜀记》,明代徐霞客之《徐霞客游记》,清代王士禛之《蜀道驿程记》等。其中例如《入蜀记》乃陆游赴蜀地任官时沿途见闻之记录。然而这类著作中,关于诗迹之记述篇幅甚少,它们并非主要着力于记述旅途中的具体所见。(四)日记。有些日记中亦包含有旅行相关资料。例如清末刘大鹏之《乙未公车日记》(收于《退想斋日记》,山西人民出版社,1990年)等,记录了光绪二十一年(1895)他从山西出发前往北京参加会试的旅途见闻。(五)年谱。中国的读书人,多兼具诗人、学者、官僚三种身份。明清时代有所谓的回避制度,即地方官员不可在自己的家乡任职,而必须去一个陌生之地。在他们的年谱中,有不少关于赴任途中见闻感受的详细记录。例如清代著名考据学家阮元之年谱(张鉴《阮元年谱》,中华书局,1995年)中就以何年何月何日为序,记录了他赴任地方官途中的详细经历。(六)《水陆路程》等。明清时代出版的众多主要以商人为销售对象的书籍中,出现了《水陆路程》等这类旅行导览手册,它们可谓是当时关于旅行的最翔实的资料。

如果我们需要查找当时旅行的相关文献,那么上述资料会给我们提供不少有用信息。然而据此对他们启程后的情况进行考察,即使我们知道了他们在何时何地作了何诗、一路有何所思所感等等,对旅途本身的具体情况也未必能了如指掌。例如,他们每天乘坐什么交通工具、在何处歇宿、携带哪些行李等等,这些信息都甚为匮乏,与我们仍然隔了一层纱。若再进一步深究下去,旅程、交通、住宿、饮食、行李、旅费、犯罪、名胜古迹、娱乐、语言、同乡之联络、择日(选择启程日期)、地图、观光、购物等种种细节，皆是"犹抱琵琶半遮面"，我们并不能对其具体情形一目了然。

二、谁 在 旅 途

中国人口众多，并非所有人皆常常漂泊在外。那么经常身在旅途的是哪些人呢？

中国旧时的社会阶层，通常分为士、农、工、商四类，即所谓的"四民"。其中数量最多的是农民，他们大多安土重迁，基本上在生身之地以耕种为生。换言之，他们就是不出自己的方言世界、不能说自己方言以外的语言的那群人。

二十余年前的 1991 年夏天，笔者在中国进行田野调查之际，曾来到江西省南丰县水南村。当地有一种习俗，为了祛除灾厄，

图 8-4 江西省南丰县水南村所传傩戏(村民将此艺能于周边地区巡回演出)

该村落盛行傩戏、傩舞等表演，辈出身怀这些技能并在各地巡回演出的艺人。笔者听乡人介绍说，他们的活动范围以南丰为中心，北至宜黄、南城、黎川，南至广昌，东至外省的福建建宁。这些城市皆距南丰约五十公里，如此算来他们的活动范围为以南丰为中心的直径一百公里之地域。他们的演艺活动跨越了行政区划上的省境，作为民间艺人的演出来说这是相当引人注目的。但从语言上来看，据《中国语言地图集》（香港朗文书店，1987年）之《江西省与湖南省的汉语方言》可以确认，建宁（今福建省）属江西方言区之抚广（抚州、广昌）片。他们的活动范围基本在建昌府，偶尔也远至建宁。但建宁与他们的家乡仍属于同一方言圈。这已经可以说是那些卖艺为生者活动范围之极限了。中国的绝大部分农民在家乡耕种为生，这些拥有才艺而在各地巡回演出的农民多少带有例外的性质，但他们活动之最远距离亦不过是在与其生身之地方言相通的地域范围之内。

那么在明清时代，千里迢迢跋山涉水的是哪些人呢？不妨从当时的旅行导览手册中寻找这一问题的答案。诸如《士商必要》、《士商必览》等书籍多以"士商"为名，由此不难看出这类旅行手册是以"士"与"商"为主要销售对象而刊行的。此处"商"或可谓"客商"，即到遥远异乡从事商业活动的大商人。此类书籍还有《客商一览醒迷》等，书名中并无"士"字，而是专门面向商人的。冯梦龙所编小说集《古今小说》卷一之《蒋兴哥重会珍珠衫》，就是一篇以客商为主人公的作品。主人公蒋兴哥，是一位本籍湖北襄阳的商人，为了贩卖商品而经常往来于相隔千里的广东、苏州等地。

最后看"士商"中的"士"。他们在社会上属于"治人"的劳心者群体，从广义来讲，包括科举考生、官僚、幕客（师爷）等。当时的读书人之首要人生任务就是科举。经过若干阶段考试的过关斩将，他们就踏上了从生养自己的土地前往都城北京的旅途。

正如本书前文已多次述及的那样，科举考试包含如下几个阶段：

童试(县)→乡试(全国约十个考场)→会试(北京)→殿试(北京)

童试在县城举行,对应考者而言尚不遥远;然而赴考乡试之旅程就相当漫长了。乡试合格者,又须赴北京应会试。

假如在北京考试的最后一关——殿试中及第,即取得了为官资格。一旦被任命为官僚,就必须赴中央或地方任职。这就是"士"的旅途人生。

此外,那些在科举中落第者亦往往不得不去遥远他乡,例如作为幕僚与往地方赴任的官僚一同踏上旅程,或者去远方担任私塾教师即所谓"馆师"。冯梦龙就曾从苏州千里迢迢赴湖北麻城任馆师。

暂且不论他们罢官或致仕后从异乡返回故里之途路,光就科举应考以及考后赴各地任职或谋生来说,"士"可谓是身在旅途的那一群人。

三、林伯桐《公车见闻录》

进入正题。对于当时的士人而言,旅行是一件极为普通的日常之事。然而实际情况正如本章开头所言,我们对当时人们旅行的相关实情所知甚少。一般而言,越是日常之事,所留存的书面资料反而越少。

但这些资料也并非一片空白。清代乾隆年间,林伯桐作了一部《公车见闻录》。林伯桐生于乾隆三十九年(1774),道光二十四年(1844)卒,广东广州府番禺县人。嘉庆六年(1801)他二十七岁时考中举人,此后直至嘉庆二十一年(1816)他四十二岁这段时间,他曾多次应会试,却屡战屡败。嘉庆二十一年其父亲辞世,他居家守丧,由此遂断绝了科举之念,之后专心于读书和著述。

嘉庆二十五年(1820),阮元赴广州任两广总督,开设学海堂,任命林伯桐为"学长"(类似于现在之班长)。阮元编有《学海堂

图8-5 阮元

集》，荟萃了学海堂的学生们所作的大部分文章，其中包括林伯桐之作。道光二十四年（1844），他被授予广东德庆州学正之官衔，然而仅数月后他就辞世了，享年七十一岁。毕生著述，有《毛诗识小》、《毛诗通考》、《人家冠昏丧祭考》、《士人家仪考》、《品官家仪考》、《供冀小言》、《学海堂志》等。《番禺县志》卷四十六"列传"中有其传（据张维屏所撰小传、墓表等作成）。

林伯桐之《公车见闻录》一卷，今所见版本为道光十九年（1839）受业金锡龄刊本（收于《修本堂丛书》）。《丛书集成三编》中收录了台湾大学图书馆藏本之影印本。《公车见闻录》记录了林伯桐从广东往北京应考途中之路途经验和他总结出的注意事项等，是我们今日详察当时旅行的实际样貌之宝贵资料。其卷首附有金锡龄所撰序文，云该书刚开始以抄本形式在考生间传阅，后因欲览者众多，故重新作了校订并刊刻出版。

《公车见闻录》由以下数章构成：

《约帮》、《就道》、《行舟》、《升车》、《度山》、《出关》、《工仆》、《用物》、《养生》、《至都》

全书主要叙述了旅行中的注意事项。本章将从中选取若干条目加以解读，以略窥当时士人旅途之辛劳。

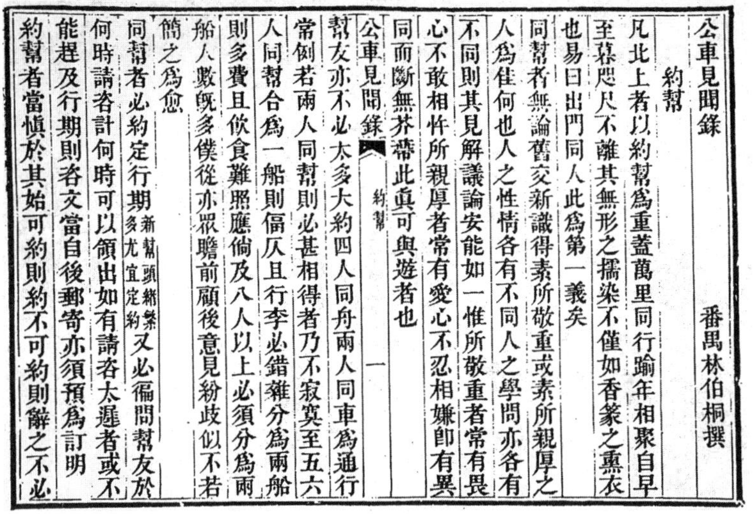
公車見聞錄

番禺林伯桐撰

約幫

凡北上者以約幫爲重蓋萬里同行踰年相聚自早至暮咫尺不離其無形之擩染不僅如香篆之熏衣也易曰出門同人此爲第一義矣

同幫者無論舊交新識得素所敬重或素所親厚之人爲佳何也人之性情各有不同人之學問亦各有不同則其見解議論安能如一惟所敬重者常有畏心不敢相忤所親厚者常有愛心不忍相嫌卽有異同而斷無芥蔕此眞可與遊者也

公車見聞錄 約幫 一

幫友亦不必太多大約四人同舟兩人同車爲通行常例若兩人同幫則必甚相得者乃不寂寞至五六人同幫合爲一船則偪仄且行李必錯雜分爲兩船則多費且飲食難照應倘及八人以上必須分爲兩船人數既多僕從亦衆瞻前顧後意見紛歧似不若簡之爲愈

同幫者必約定行期新幫頭緒繁多尤宜定約又必徧問幫友於何時請咨計何時可以領出如有請咨太遲者或不能趕及行期則咨文當自後郵寄亦須預爲訂明

約幫者當慎於其始可約則約不可約則辭之不必

图 8-6 《公车见闻录》书影

四、约人同行(《约帮》)

凡北上者,以约帮为重。盖万里同行,踰年相聚,自早至暮,咫尺不离,其无形之擩染,不仅如香篆之熏衣也。《易》曰“出门同人”,此为第一义矣。

注释:

〇出门同人:《易》“同人”卦:“出门同人,又谁咎。”

帮友亦不必太多。大约四人同舟、两人同车为通行常例。若两人同帮,则必甚相得者,乃不寂寞。至五六人同帮,合为一船,则偪仄,且行李必错杂。分为两船则多费,且饮食难照应。倘及八人以上,必须分为两船。人数既多,仆从亦众,瞻前顾后,意见纷岐,似不若简之为愈。

广东至北京的行程约有四千公里。乡试及第的举人从各地赴北京应会试之旅,被称作"公车",即将之视作公务对待。据清代科举考试条例《钦定科场条例》,各地的考生会得到一笔相应的旅费。然而旅费数额并不足以维持途中一切用度,考生尚需自己出资补济不足部分。虽然各人经济状况殊异,但大部分考生会如文中所述约人共赁舟车同往北京。会试为三月九日开始,这一日期是固定的,因而启程时间也可事先大致确定。

林伯桐认为约人一起同行以排遣旅途孤寂,人数不宜过多(船以四人为限,车以两人为限),否则反成困扰。他曾数度前往北京,许已对人员庞杂之烦扰深有感触。

造成这种困扰的原因首先是应考者皆携仆从同行,于是人数就额外增多了。虽说是"两人同帮",然实际上并不止二人,还必须算上各自仆从之人数。人数既增,行李也就相应增多。另外一个令人头疼的问题是人数越多,就越容易有意见分歧。单就行程而言,可能就会有截然不同的异见:性子急的人认为越早一日到北京越好,而慢性子的人则认为不妨一边从容欣赏沿途风景一边慢慢去往目的地。由于是团体行动,所以必须待所有人都齐集后才能出发。人数一多,睡个懒觉也会连累众人。此外由于科举考试没有年龄限制,同样是举人,既有二十来岁的英气勃发的年轻人,也有在会试中屡次落第的垂垂老朽。彼此年龄悬殊的长途旅行,可以想见每个人所承受的心理压力。

五、至北京之路线(《就道》)

"就道"一条记述了从广东至北京的路线。"吾粤北上之路,其常行者凡五",其中靠东的路线有"沙井路"、"长江路"、"中江路"三条,靠西的路线有"汉口路"、"樊城路"两条(图8-7):

各路互有利钝。沙井之好在捷,其难在劳费。长江之好在便,其难在疑虑(风候难逆料)。浙河之好在佚,其难在繁扰。西路(樊城汉口)之好在稳,其难在简质。各有境地,则各有所宜。

性之所近,用其所长可也。

关于这五条路线,原文中作了具体说明,介绍了经过地点及所用交通工具等。例如对"沙井路"之说明如下:

> 自广州城发船,经佛山,经清远县,经峡山,经连州江口,经英德县,至韶州府城换船度太平关,经始兴江口,至南雄州登陆人行。

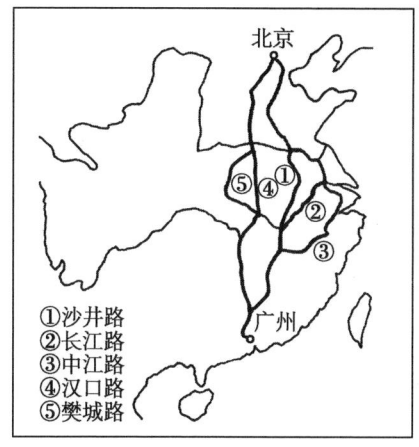

图8-7 从广州至北京之路线

在这五条路线中,由沙井路可最快到达北京,约需耗费七十日;若选择其他路线,则需耗费九十日,时间皆十分漫长。为了能在三月九日前抵达北京,无论选择哪条路线,皆必须在春节前后就从广东启程。

林伯桐还记述了各路线利弊之差异。例如汉口路道路平坦,然而不免使人感到单调无聊,等等。诸如这般,他一一作了评断。此或许是因为林伯桐在前一次落第后,下一次赴考就有意变换路线,如此数遭,他把这几条路线都亲自走了一遍,最后得出的结论是每个人应按自己的喜好而选择相应的路线。然而在路线选择上,同行者之间难免会有意见分歧,各人之"性"殊异,不知他们该如何折中和妥协。

六、雇船之注意事项(《行舟》)

雇船者,要船身完好明洁。问行船用几人,问船内何处住容。令掀开船板,看舱内安顿衣箱之处要爽洁,问何处备客炊爨。令船户逐一指认,分定界限,以免混杂。

这段讲了在雇船时，首先应该仔细检查船只本身的情况，因为考生必须在这个空间中居住相当长的时日，其优劣情况无疑会对他们产生较大影响。考生应亲自确认放置行李的船舱是否干净卫生。在现代社会，例如我们乘坐火车时，就不必每次都事先逐一检查车内的清洁以及座椅的情况等。因为乘客既然买了车票，就应该享受到相应的服务。

然而在这样的体制形成之前，就如文中所云，考生必须与船主谈妥价格，此外还必须确认自己及同行者将要乘坐的船只状况如何。这些细节稍有不慎，就会令自己的旅途不愉快，最终影响考试结果。如果稀里糊涂地上了一条肮脏不堪的船，就只能怪自己当初行事不周，无法怨天尤人。

图 8-8　各色船只（描绘清代苏州景况的《盛世滋生图》中所见船只。岸边可见肩舆）

船票须写明不得私搭人、私搭货。盖搭货必至担搁，搭人必有将就也。

雇船时，必须注意与船主将相关契约事项详细写于"船票"上，包括不得私自搭载其他旅客、货物以及船费支付时间等。《公车见闻录》中非常细心地提醒他人注意这些问题，或许是因为林伯桐曾亲身经历过类似之麻烦吧。的确对于船主而言，搭载其他旅客或货物以获得额外的船费也是人之常情。然而从雇船者的立场来看，如此一来自己的行程就被打乱，还会被耽搁不少时间。因而雇船者务必将这些条款写明，自己方可安心无忧。

先交船价若干，余价为包封，写明船至某处交包封若干，至某处又交包封若干，至某处然后交完。倘途中船户求借，以船票示之，彼觉词屈，亦不能多求也。

如果游客在杭州西湖边上散步，就会有船户问要不要坐船。游客若询问价格，他们最初要价会相当低廉。而一旦坐上了船，

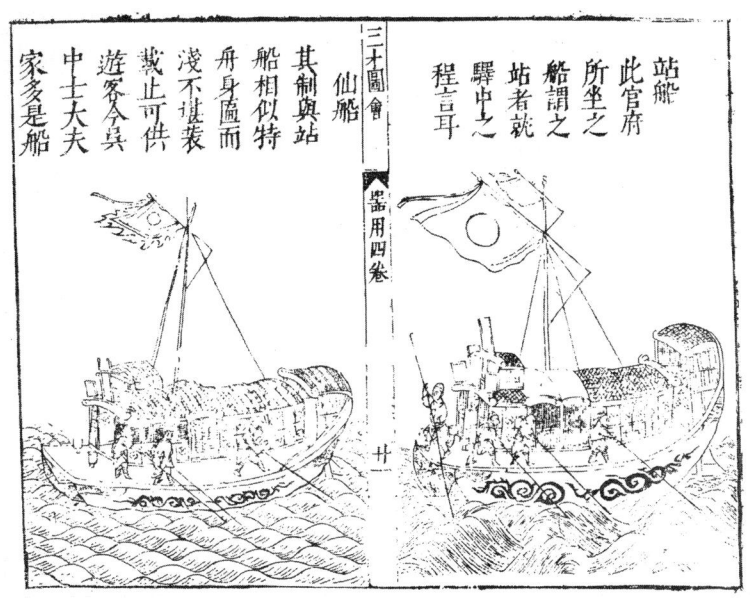

图 8-9　船只图（据《三才图会》）

他们又会说至三潭印月要多少钱、至湖心亭要多少钱等等,不断升价。这种经验对许多人而言并不陌生。

当然,此类事件肯定在当时就屡见不鲜。所以,赁船者须在最初就与船主谈妥价格,并白纸黑字写清楚。此外,不可在一开始就把船费悉数付清,而应该分期小额支付,以免船家拿到所有船费后服务不周。这些详细记述的事项,正是考生们常常担心的。

舟行偶有风浪,不必张皇。盖北上皆在内河,舟人本有把握,一也。出险即就平,瞬息不同,二也。即或风浪突来,离岸尚远,亦当静镇而善谋之,自生扰乱何益,三也。且侥幸者人之险,难诿于天。风浪者天之险,本非由人,又何患焉。"世上无如人欲险"(朱子诗),而惊风骇浪犹未也。

注释:

○朱子诗:即《晦庵先生朱文公文集》卷五《宿梅溪胡氏客馆观壁间题诗自警二绝》:"世路无如人欲险,几人到此误平生。"

这段记述了舟行之际遭遇风浪时的思想准备,认为命运天定,非人力所能左右。我们现在坐飞机等交通工具也一样,一旦乘坐,就不妨平心静气,勿徒自惶恐。

七、乘坐马车与投宿旅店之注意事项(《升车》)

吾乡习惯乘肩舆,骤闻登车,多有畏心。其实大河以北,妇人孺子亦能乘车远行,并能骑驴代步,必非难事可知。

在广袤的中国,各地的风土人情大相径庭。正如"南船北马"这一俗语所云,由于地理条件的差异,各地的主要交通工具亦有所不同。广东地区的人习惯于乘舆,而长江以北地区甚至是小女孩也坐马车,因此考生不必为坐马车而担心。或许林伯桐最初去北京时,听说要坐马车,心里亦曾惶惶不安吧;然而一旦坐了,发现其实并没有先前想象中的那么恐怖。此当是他切身体验之记录。

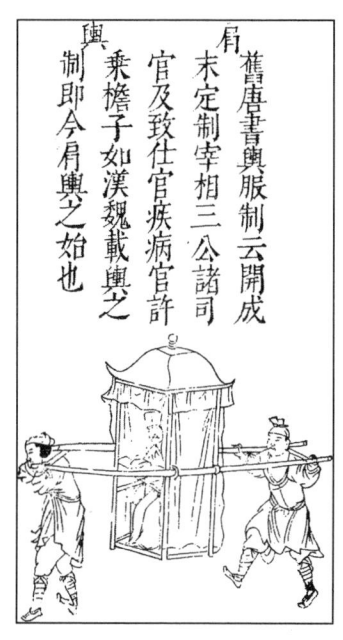

图 8-10 肩舆图（据《三才图会》）

图 8-11 马车图（据《三才图会》）

凡车将到站，先要着人看店。若是日在路上见车甚多，则住店难得。须预先数十里，着人雇小驴，驰往前路，打店以待。或计是日到站已夜，恐难觅店，亦须如此。

每晚在店中，晚饭毕，即要将店钱算明结完，并预备酒钱。次早洗面饮茶后，赏以酒钱，即可登车矣。

这两条为投宿旅店的注意事项。林伯桐心细如发，凡事皆先人一步而预备周全。如见路上车辆甚多，辄须事先遣人去预定旅店。在没有电话的时代，当然越早觅得歇身之处越好。因为他们虽然是"公车"（公务旅行），但在住旅店时并没有特别的优待，因此遣人先定好合适的旅店不失为良策。此为入住时需要注意的地方。

后一条为关于退宿的经验。如果到临走那天早上再清算住宿费用，则不免因客人混杂而耽搁时间，导致出发延误。对此，林伯桐的建议是在临走前一天晚上就算清费用。此外，他还细心地提醒考生第二天早上再给酒钱（小费），因为如果前一天晚上就一并给的话，店家得了所有的钱可能会有所怠慢。

由于林伯桐是广东人，广东人谓早餐为"早茶"，因而文中所云之"饮茶"实际乃早餐。

八、换乘交通工具之注意事项（《度山》）

舟行将近度山，即有涉水远来、迎请人行者，可婉辞之。俟舟泊马头，自可登岸，到各行问夫价轿价。若在其行，说价已合，行内即发夫往舟中搬行李，谓之上河。

考生下船后转陆行之处，会有远道而来的主动引客者。林伯桐认为应该婉言拒绝这些人，然后自己去店里打听行情，因为这些人可能要价高昂或者提供的服务很糟糕。也许他曾有过多次这样的不愉快经历。

行中报云行李到齐了，即照号数一一点明。其皮箱内有路费者，可一开视。或自携路费度山者，亦宜开箱安置妥帖。其余各器物其封口形迹可疑者，则开视之。

如此繁琐地一一检点，似有神经质之嫌。大概林伯桐或者他的同行者曾经经历过在换乘时所携银两被浑水摸鱼盗去的事件，因此他提醒后来者务必注意。也正是他这种心思细致入微的人，才会留下这部尽是拳拳忠告的旅行指南吧。

九、出关之注意事项（《出关》）

关口有人来查船，可着船户掀开船板，俾一望了然，可以无疑

（公车从无开箱之事）。伊辈系办公，虽官船亦当查，不必阻止。

盐务缉私者亦要查船，可听其查看。

当时不少地方皆设有关口。从广东到北京要经过好几个关口，每个关口都会有官员检查。除此以外，管理盐务的官员也会检查船上有无运载私盐的情况。林伯桐提醒说如果遇到这些官员检查，最好积极配合他们的查验，不要故意隐藏自己的东西，那样反而会招致麻烦。由于是"公车"，所以较之一般的船只，可免去开箱查验的环节。这是科举考生所能享受的优遇。此也正是他在下文特意提醒考生在船上悬挂旗帜上写"奉旨会试"四字的原因之一。

启行之先当饬知各跟人必不许夹带鸦片及各项非法之物。雇船之时，可谕船户不可夹带，如或有之，必不徇庇也。至关口，有问据实答以会试之船，不载各货，并无夹带便是。

这段提醒考生一方面在启程时就要周知仆人等不要携带毒品和其他非法之物，同时在雇船时也要注意告诫船户不可携带这类东西。否则万一他们夹带违法物品被官员发现，那么考生无疑会受池鱼之殃，对考试造成影响。

各关口多有求索硃卷及蜡丸者，或与或否，或多或少，可随宜自便。

注释：

○硃卷：起源于北宋科举中的誊录制度，为防止考官认识考生字迹而作弊，而令专门人员将考生试卷重新誊录。至明代始，规定考生用墨笔，誊录用朱笔："考试者用墨，谓之墨卷，誊录者用硃，谓之硃卷。"（《明史·选举志》）后又指科举中式文章，上榜的考生通常会将之刻印赠与亲友。

○蜡丸：或指蜡制的圆状物，能防水防潮，故常用以传递书信、文件等；又或指蜡制丸药，广东所产者尤为著名："广中抱龙丸，为天下所贵。"（屈大均《广东新语》卷十五）

林伯桐提醒说关口常常会有索要硃卷和蜡丸的人,考生可给可不给,予者可多可少,视情况而定。因为他们的船上挂了"奉旨会试"的旗帜,所以人们一看就知道他们是进京赴考的举人,故而会向他们索要这些东西。

十、仆从及旅途健康(《工仆》、《养生》)

工仆
唐人诗云:"他乡罕俦侣,远客亲僮仆。"盖数千里外日用起居,皆资健仆。其人不足靠,安得呼应之灵。必用当其才乃臂指之效。

注释:
○唐人诗:指王维《宿郑州》诗中"他乡绝俦侣,孤客亲僮仆"之句。
○臂指:《汉书·贾谊传》:"令海内之势,如身之使臂。臂之使指,莫不制从。"

正如《公车见闻录》开头所言,考生在漫长的赴考途中通常并非一人独行,而往往会携仆从同往。仆从之善恶利钝相别天壤。早在唐代就有诗人在诗中论及此事,可见仆从本来就是一个引人关注的问题。

养生
昔人有言,万里之外以身为本。故调摄为北游先务。而读书犹次焉。饮食者,又调摄之要事也。

注释:
○昔人有言:见《汉书·段会宗传》。段会宗曾任西域都护。

漫漫旅途,健康第一,因而饮食极为重要。在今日而言,也仍是如此。考生应避免暴饮暴食。虽是去应科举,但健康始终是首要之务,读书反居其次。

十一、旅途携带物品(《用物》)

《用物》一段主要记述了旅途中所须携带的器具、食物、调味料、银两等物品以及相关注意事项。此外该章段末还有《行李附》,详细列举了赴考旅途须携带的各种行李清单,如行李箱、文房用具、各种衣物等,极为周全细致。

船中桅头之旗,写"奉旨会试"四字(有写"礼部会试"者,亦有写"奉旨礼部会试"者)。或父兄本有官衔,即写其官衔亦可(车中小旗亦然)。

因为当时的举人到北京去应考可以说是一种公务旅行,所以可以在船旗上写"奉旨会试"四个字。如果考生的父亲或兄弟本来就有官职,那么也可以在船旗上写他们的官衔。之所以要这么做,是因为正如上文所见,公务船只或官船在关口检查等时候享有诸多优遇,可免去不少繁琐手续。这对于心理本就处于紧张状态的考生来说,无疑是极为有利的。

十二、到达北京后的注意事项(《至都》)

住广州会馆者,多用会馆长班投文(亦有不用者)。若亲自投文,可入内城前门(即正阳门)内东长安街礼部衙门中。都中三月,正是开渠之时,未免有浊气,宜佩苍术及生大黄,可以辟之。

场中日午颇热,近暮则寒,故场中仍须用车路衣服,未能减少。五鼓将尽,必有片刻极寒,则知天将晓矣。

注释:

○长班:官员身边供随时差遣的仆人,又称"长随"。

《至都》则提醒考生到北京后应该注意什么。各地考生到达北京后,须去礼部投文报名。广东考生有些住在广州会馆,他们大多派会馆长班去礼部投文,当然也可以自己去投。

由于《公车见闻录》主要是以广东地区的考生为阅读对象的,广东和北京的气候差别很大,稍有不慎即会影响健康。所以林伯桐特意提醒考生身上佩戴草药辟邪,并根据天气寒暖适时增减衣物。

另外,清末光绪年间有一本李虹若写的《朝市丛载》,可以说是一本"北京生活手册"。《朝市丛载》卷一"品级"、"衙署"等条目,是有关北京的官府的记载;卷二"国朝鼎甲录",是有关科举的资料;卷三是"会馆"、"客店"等等;卷四是"风俗"、"行路"、"路程"、"风暴",是有关气候等内容;卷五是"汇号"、"宴会"、"文具书画"、"服用"、"食品";卷六有关于北京的"古迹"、"时尚"、"戏园"、"戏班"等内容,可以看到其中包括有关戏曲演出的记载。大概这些都是全国各地的人来北京后很想了解的生活信息。

以上通过林伯桐之《公车见闻录》,大致观察了清代乾隆年间旅行之状况。当时人们的传记中,往往只三言两语云某年至北京、某时去某处赴任。然而这些寥寥数语背后,饱含着多少如前文所见般催人泪下的辛酸劳苦啊。

考生科举及第后,取得为官资格。官位越高,其赴任旅程就越奢华。"春风得意马蹄疾,一日看尽长安花",对于本人而言,此可谓趾高气扬、其乐融融之事。如此看来,去北京应考之旅可能是当时士人生涯中最辛苦的一次远行。

本章参考文献

林伯桐《公车见闻录》,《丛书集成三编》所收。

中国社会科学院、澳大利亚人文科学院编《中国语言地图集》,香港朗文书店,1987、1990年。

陈学文《明清时期商业书及商人书之研究》,中华发展基金管理委员会洪叶文化事业有限公司,1997年。

贾鸿雁《中国游记文献研究》,东南大学出版社,2005年。

大木康《情欲与教化——以〈古今小说〉卷一为材料》,王瑷玲编《明清文学与思想中之主体意识与社会》,中研院中国文哲研究所,2004年。

大木康《从俗文学看明清的城市与乡村、中央与地方》,《成大历史学报》第36号,2009年。

后　　记

　　在混乱无序、风云变幻、雅俗并生的明清时代（尤其是明末清初），那些坚守优雅生活方式的文人们的存在，对生活于现代日本的我而言，依然是一种心灵的感动。进入明清文人们的生活及其美学世界，并对之作些许介绍，我想是上天交付给我的一种使命。明清文人的世界深广无垠，拙著所呈现的虽然只是三千弱水中的一瓢，但如果能给读者带来遨游这个世界的乐趣，那么我将不胜欣慰。各章的末尾，皆附了与内容相关的文献目录，读者可以根据自己的兴趣，进一步阅读目录中列举的论著。

　　从事中国文学研究数十年，而最吸引我的还是中国文学原典的阅读。在这一意义上，立足于文本精读的这本拙著是我迄今出版的若干著作中最为私心偏爱者。

　　本书所选录的八篇小品文，是在我任教的东京大学的课堂上，以及在东北大学、京都大学等集中授课时，我与学生一起阅读的文章。他们给了我诸多教益，因而要向他们表示衷心感谢。然而后来我重新阅读文本和进一步查阅资料时，发现先前课堂上的讲授谬误和疏漏颇多。课堂讨论可谓是"一期一会"，我为这些谬误和疏漏感到羞愧，在此我对之加以订正和完善的同时，也要向学生们谢罪。

　　尽管如此，书中还是有很多我思而不解的疑点以及因才疏学浅而造成的错误。真诚希望各位读者不吝赐教。

最初本书日语版的出版，有赖于博多中国书店川端幸夫社长的勉励与敦促。此外，川端社长也欣然允诺中文版的刊行。中文版的刊行，得到了复旦大学中文系朱刚教授、复旦大学出版社宋文涛编辑的大力支持与帮助。在此谨向他们一并致谢。

大木　康

2015年3月20日

图书在版编目(CIP)数据

明清文人的小品世界/[日]大木康著;王言译.—上海:复旦大学出版社,2015.9
(2022.11 重印)
ISBN 978-7-309-11313-6

Ⅰ.明… Ⅱ.①大…②王… Ⅲ.小品文-文学研究-中国-明清时代 Ⅳ.I207.62

中国版本图书馆 CIP 数据核字(2015)第 057659 号

明清文人的小品世界
[日]大木康 著 王 言 译
责任编辑/宋文涛

复旦大学出版社有限公司出版发行
上海市国权路 579 号 邮编:200433
网址:fupnet@fudanpress.com http://www.fudanpress.com
门市零售:86-21-65102580 团体订购:86-21-65104505
出版部电话:86-21-65642845
上海崇明裕安印刷厂

开本 890×1240 1/32 印张 6.875 字数 170 千
2015 年 9 月第 1 版
2022 年 11 月第 1 版第 2 次印刷

ISBN 978-7-309-11313-6/I·901
定价:45.00 元

如有印装质量问题,请向复旦大学出版社有限公司出版部调换。
版权所有 侵权必究